JEAN JACQUES LAURENT

ELSÄSSER RACHE

**EIN FALL FÜR
MAJOR JULES GABIN**

LAVENDEL, WEIN UND MORD Wie Romeo und Julia liegen die beiden Toten in ihrem kühlen Grab. Wer hat das junge Paar vor neun Jahren erschlagen und verscharrt? Gendarmerie-Major Jules Gabin, der sich eigentlich um seine Hochzeitsvorbereitungen kümmern sollte, ist wieder einmal gefordert und muss den alten Fall ganz neu aufrollen.

Wie immer lässt Jules bei seinen Ermittlungen das savoir-vivre, die französische Lebensart, nicht zu kurz kommen und legt die eine oder andere schöpferische Pause in der auberge seiner Lieblingswirtin Clotilde ein, wo er knusprigen Flammkuchen und kühlen Weißwein genießt. Das gibt ihm die Kraft für die Jagd nach dem Mörder, der sich so viele Jahre in Sicherheit wähnte. Bald schon stößt Jules auf eine Spur, die ihn in Kirchenkreise und Colmars Villenviertel führt. Seine hochschwangere Verlobte Joanna hilft ihm dabei so gut sie kann – und begibt sich unversehens selbst in höchste Gefahr.

Hinter dem Pseudonym Jean Jacques Laurent verbirgt sich der deutsche Autor Jan Beinßen, bekannt für seine beliebten Franken- sowie zahlreiche Frankreichkrimis. Hinzu kommen Kurzgeschichten und eine erfolgreiche Escape-Kalenderreihe. Regelmäßig führt der Autor zu seinen Tatorten.
Mehr Informationen zum Autor unter: www.janbeinssen.de.

JEAN JACQUES LAURENT
ELSÄSSER RACHE

EIN FALL FÜR MAJOR JULES GABIN

GMEINER

Die automatisierte Analyse des Werkes, um daraus Informationen insbesondere über Muster, Trends und Korrelationen gemäß § 44b UrhG (»Text und Data Mining«) zu gewinnen, ist untersagt.

Immer informiert

Spannung pur – mit unserem Newsletter informieren wir Sie regelmäßig über Wissenswertes aus unserer Bücherwelt.

Gefällt mir!

Facebook: @Gmeiner.Verlag
Instagram: @gmeinerverlag

Besuchen Sie uns im Internet:
www.gmeiner-verlag.de

© 2023 – Gmeiner-Verlag GmbH
Im Ehnried 5, 88605 Meßkirch
Telefon 0 75 75 / 20 95 - 0
info@gmeiner-verlag.de
Alle Rechte vorbehalten
2. Auflage 2023

Lektorat: Claudia Senghaas, Kirchardt
Herstellung: Mirjam Hecht
Umschlaggestaltung: U.O.R.G. Lutz Eberle, Stuttgart
unter Verwendung eines Fotos von: © Xantana / istockphoto.com;
Janet / Unsplash
Druck: CPI books GmbH, Leck
Printed in Germany
ISBN 978-3-8392-0480-1

Personen und Handlung sind frei erfunden.
Ähnlichkeiten mit lebenden oder toten Personen
sind rein zufällig und nicht beabsichtigt.

LE PREMIER JOUR
DER ERSTE TAG

1

Die Lavendelfelder ließen Jules Gabin an die Provence denken. Das Bauwerk, das sich zwischen dem im Wind wogenden Violett erhob, passte dafür umso mehr ins Elsass: Aus dem typischen ockergelb bis rosa schimmernden Sandstein gemauert, teils weiß verputzt und mit rotem Ziegel bedeckt, zeichneten sich die Umrisse einer standhaften Burganlage vor ihnen ab, wie es sie so zahlreich gab in dieser Gegend. Nur dass es sich nicht um eine Burg handelte: Der doppelte Mauerring mit den geschleiften Türmen und Zinnen schützte Saint-Jacques-le-Majeur, eine historische Wehrkirche aus dem 14. Jahrhundert.

Eine schmale, geschwungene Straße führte dorthin. Jules, der am Steuer saß, registrierte, wie das Lavendelfeld etlichen Zeilen von Rebstöcken Platz machte, die sich bis dicht vor die Mauern erstreckten. Sylvaner, Riesling, Pinot Gris, Muscat, Gewürztraminer, Pinot Noir und Pinot Blanc. So hießen die sieben vornehmlichen Rebsorten des Elsass, und Jules, der Südfranzose und ursprünglich überzeugter Rotweintrinker, hatte sich im Laufe der letzten Jahre mit den facettenreichen Weißweinen angefreundet. Und mehr als das. Vor allem der Pinot Gris sagte ihm zu, edel und raffiniert zugleich.

Warum dachte er jetzt an Wein, fragte sich Jules und lenkte den Wagen geistesabwesend um enge Kurven.

Es gab anderes, mit dem er sich beschäftigen musste. Wesentlicheres. Essenzielles.

Kurz nahm er den Blick von der Straße und betrachtete seine Beifahrerin: Er nahm das kurze hellblonde Haar wahr, den blassen Teint der Haut, die ausdrucksvollen blauen Augen. Und die feingliedrigen Hände, die auf dem kugelrunden Bauch ruhten.

»Würdest du bitte auf die Straße schauen«, ermahnte Joanna ihn.

Joanna Laffargue, *Juge d'instruction*. Seit zwei Jahren war Jules mit der attraktiven Untersuchungsrichterin zusammen. Kennengelernt hatten sie sich durch den Beruf, denn als Major bei der Gendarmerie nationale in Colmar kreuzte Jules immer wieder ihre Wege. Aus der anfangs mehr oder weniger unverbindlichen Liaison sollte nun etwas Festes werden, etwas von Bestand, darin herrschte Einigkeit, und der Grund für diesen Schritt würde in wenigen Wochen das Licht der Welt erblicken. Das Jawort wollten sich Jules und Joanna in der Kapelle von Saint-Jacques-le-Majeur geben, weil die Kirche so schön idyllisch zwischen den Weinbergen lag und Joanna den intimen Charakter der Anonymität von großen Gotteshäusern in der Stadt vorzog. Heute stand das Vorgespräch mit dem Pfarrer an.

»Hoffentlich sind die bis zu unserem Termin verschwunden«, sagte Joanna.

»Wer soll verschwinden?«, fragte Jules und lenkte das Auto durch den Steinbogen, der auf den kopfsteingepflasterten Vorplatz führte.

»Die Gerüste«, antwortete Joanna und streckte den Arm aus.

Jules sah in die Richtung, in die sie zeigte: Einige Arbeiter rüsteten eine Seite des Glockenturms ein. Offenbar gab es auch Erdarbeiten, Jules sah einen kleinen Raupenbagger.

»Unsere Hochzeit ist an einem Wochenende, da wird nicht gearbeitet«, sagte Jules und stellte den Wagen im Schatten einer mächtigen Kastanie ab.

»Das Gerüst und die Absperrungen sind trotzdem nicht schön«, monierte Joanna und hievte sich mit einem Stöhnen aus dem Sitz. »Die sieht man auf jedem Foto.«

»Wir besprechen das gleich mit dem Pfarrer, bestimmt sind die Bauarbeiten bald vorbei«, wiegelte Jules ab und lächelte. Er vertrat die Auffassung, dass sich eine Hochschwangere nicht unnötig aufregen sollte, und versuchte daher, für Schönwetter zu sorgen.

Pasteur Moser, mit geschätzten ein Meter 75 in etwa Jules' Größe und mit Anfang 40 auch im gleichen Alter, hohlwangig und mit runden Brillengläsern in einem silbernen Gestell, trug die schwarze Soutane eines Geistlichen. Er stand schon in der Tür des urigen Pfarrhauses, betagt und altehrwürdig wie die Kirche selbst, und hieß zunächst Joanna willkommen. Dann schloss *Pasteur* Moser seine warmen Hände um die von Jules.

»Kommen Sie herein, bitte.« Moser führte sie durch einen Flur mit dunkler Holzvertäfelung bis in eine Art Büro, ebenfalls düster, staubig und aus der Zeit gefallen. »Setzen Sie sich«, bat Moser, woraufhin Joanna mit einem weiteren Stöhnen in einem dunkelgrünen Ledersessel versank, während Jules einen Stuhl mit gerader Lehne wählte.

»Danke, dass Sie sich die Zeit nehmen«, ergriff Joanna das Wort.

»Es ist mir eine Freude.« Moser lächelte gütig. Er griff nach einem bereitliegenden Block Papier. »Erzählen Sie mir Ihre Geschichte. Die Geschichte Ihrer Liebe.«

»Das meiste stand ja in der E-Mail, die ich Ihnen geschickt habe«, kehrte Joanna ihre pragmatische Seite heraus. Sie wollte wohl zunächst auf die Bauarbeiten an der Kirche zu sprechen kommen, die sie so störten, nahm Jules an.

»Ja, danke für die E-Mail mit all den Daten und Fakten«, sagte Moser und behielt den freundlichen Gesichtsausdruck bei. »Was mich noch mehr interessiert, sind Sie beide als Menschen und Geschöpfe Gottes.« Er richtete sich an Jules. »Sie stammen ursprünglich nicht von hier, ist das richtig?«

»Aus Royan im Département Charente-Maritime«, antwortete Jules. »An der Atlantikküste.«

»Das ist mir durchaus ein Begriff«, sagte Moser. »Die Église Notre-Dame de Royan ist in den 50er-Jahren als schlichtes Stahlbetonbauwerk errichtet worden, nachdem Ihre Stadt im Krieg fast vollständig zerstört wurde. Ein beeindruckendes Zeitzeugnis.«

»Beeindruckend? Eher hässlich«, entgegnete Jules, der dem nüchternen Baustil des Brutalismus wenig abgewinnen konnte.

»Was hat Sie ins schöne Elsass verschlagen?«, wollte der Geistliche wissen.

Der Beruf, wollte Jules antworten, doch Joanna drängte sich vor. »Die Liebe«, sagte sie mit einem etwas hämischen Grinsen. »Beziehungsweise die Flucht vor einer früheren Liebe.«

Moser, der mit Joannas Hang zur Ironie offensichtlich wenig anfangen konnte, hob die Brauen. »Wie darf ich das verstehen?«

»Ich bin schon einmal verlobt gewesen«, gestand Jules zähneknirschend ein, denn er hätte diesen Lebensabschnitt gern unerwähnt gelassen. »Lilou, so hieß meine Verlobte, konnte nach unserer Trennung nicht loslassen, daher sah ich keine andere Lösung, als fortzuziehen.«

»Und zwar an den entferntesten Ort in Frankreich«, ergänzte Joanna, woraufhin Jules sie scharf ansah. Er fand, diese alte Geschichte gehörte nicht hierher.

Moser, der bereits den Stift angesetzt hatte, um sich Notizen zu machen, legte ihn wieder beiseite. »Die Vergangenheit sollte man ruhen lassen, nicht wahr? Erzählen Sie mir von sich: Ihre erste Begegnung, was Sie füreinander fühlten und fühlen, welche Zukunftspläne Sie teilen.«

Die erste Begegnung. Fast fünf Jahre lag diese zurück. Jules sicherte gerade seinen ersten Tatort nach Dienstantritt im Elsass, als sich eine forsche Frau in Freizeitkleidung unter dem Flatterband der Polizei hindurchbückte und die Leiche inspizierte. Jules hatte keine Ahnung, um wen es sich handelte, und dachte zunächst an eine Reporterin. Als er sie ansprach und zurechtwies, gab sie sich als Untersuchungsrichterin zu erkennen – und ließ ihn erst einmal links liegen.

Die ersten Worte, die sie an ihn richtete, würde er niemals vergessen: »Sie sind also Major Gabin, der Neue in unserer Gendarmerie? Müssten Sie nicht Uniform tragen?« Jules verschlug es die Sprache, denn zwar kam die Schelte nicht unberechtigt, doch war er gerade erst angekommen, als ihn die Nachricht von dem Mord in einem alten Weinberg erreichte. Da blieb keine Zeit, sich umzuziehen.

Ihr gemeinsamer Start geriet also eher holprig, und so sollte es eine Weile bleiben. Erst nach und nach näherten sie sich an und wurden ein Paar. Und bald würden sie zu dritt sein, freute sich Jules.

Während er sich die Worte zurechtlegte, um dem Pfarrer all die vielen Eindrücke und Empfindungen zu schildern, preschte Joanna wieder vor, nannte das Datum ihres ersten Rendezvous, beschrieb ihre unterschiedlichen Mentalitäten, die sich doch so prima ergänzten, nannte die Vorzüge des Zusammenwohnens (das, was sie störte, klammerte sie netterweise aus) und kam schließlich auf ihren Kinderwunsch zu sprechen, den Jules teile und der nun sehr bald in Erfüllung gehen würde.

Moser schrieb fleißig mit und wollte gerade eine weitere Frage stellen, da klopfte es an der Tür. Gleich darauf wurde sie geöffnet, und ein kräftiger Mann in der Kluft eines Bauarbeiters füllte den Rahmen. »*Pardon*«, sagte er. »Sie müssen sich was anschauen.«

Moser warf ihm einen vorwurfsvollen Blick zu. »Nicht jetzt. Sie sehen, dass ich gerade in einem Gespräch bin. Kommen Sie später wieder.«

»Das geht nicht«, beharrte der Arbeiter. »Wir können nicht weitermachen, wenn Sie nicht kommen.«

Moser legte den Stift auf das kleine Tischchen vor sich. Die Störung passte ihm gar nicht. »Was ist denn los?«, wollte er wissen. »Warum können Sie nicht weiterarbeiten?«

»Wegen der Toten«, sagte der Arbeiter und sah selbst leichenblass aus. »Zwei Skelette liegen im Garten.«

Der Pfarrer wirkte nur für den Moment beunruhigt. Dann wandte er sich an Joanna und Jules und erklärte: »Erschrecken Sie nicht. Die Hausanschlüsse der Kirche werden saniert, das haben Sie sicher gesehen. Versorgungsleitungen für Gas, Wasser, Strom. Einige Wände werden aufgerissen, aber man muss natürlich auch in den Boden gehen. Es ist völlig normal, dass dabei Gebeine von Verstorbenen aus früheren Jahrhunderten zutage kommen, denn die Kirchgärten dienten lange Zeit als Friedhöfe. Irgendwann wurden die alten Gräber dann vergessen. Kein Grund zur Sorge, die örtlichen Hobbyarchäologen werden sich zu gegebener Zeit darum kümmern.«

»Frühere Jahrhunderte?« Die Frage kam von dem Arbeiter in der Tür. »Da gab es aber noch keine Handys, oder?«

2

Natürlich bestanden Joanna und Jules darauf, Moser und den Arbeiter nach draußen zu begleiten. Sie umrundeten das Pfarrhaus und die Kirche und gelangten in einen Garten mit altem Baumbestand, der bis an die Wehrmauer heranreichte. Romantisch verwunschen, dachte Joanna und ließ die Blicke über die von Gänseblümchen und Löwenzahn überzogene Wiese bis zu einer halb verfallenen kleinen Kapelle im Schatten der Mauer gleiten. Daneben lehnten einige von Moos überzogene Grabsteine, die das bestätigten, was sie gerade von Pfarrer Moser erfahren hatten: nämlich, dass der Garten einst als Friedhof genutzt worden war.

Die leicht marode Idylle wurde gestört durch Baugeräte aller Art und eine breite Furche, die sich durch die Wiese zog und offen klaffte wie eine Wunde. Sie endete unweit der Kapelle, wo sich eine Handvoll Arbeiter versammelt hatten und die Köpfe gesenkt hielten, als könnten sie nicht aufhören das anzustarren, was die Schaufel ihres Baggers freigelegt hatte.

»Mein Gott, das ist die falsche Stelle!«, rief Moser im Näherkommen und wedelte mit den Armen. »Schaut denn hier niemand auf die Pläne? Der Graben sollte mindestens fünf Meter weiter links verlaufen.« Aufgebracht steuerte der Geistliche auf den Baggerführer zu, wurde aber von Jules ausgebremst.

»Bitte treten Sie zurück und fassen Sie nichts an!«, rief Jules und fuchtelte nun seinerseits energisch mit den Armen. Zu Recht, denn nichts erschwerte die Polizeiarbeit mehr als ein verunreinigter Tatort, wusste Joanna.

Als sie die Grube erreichte, atmete sie erleichtert auf. Der Baggerführer war offensichtlich geistesgegenwärtig genug gewesen, um die Arbeit sofort einzustellen, als die ersten Knochen auftauchten, und so blieben außer zwei zur Hälfte freigelegten Schädeln und einzelnen Rippenbögen die sterblichen Überreste der zwei Menschen unter der festen, schwarzbraunen Erde verborgen. Gut so, denn den Rest würde die Spurensicherung in Feinarbeit mit Spachteln und Pinseln erledigen.

Das Handy, von dem der Arbeiter gesprochen hatte, lag auf Höhe der Rippenknochen. Schon auf den ersten Blick konnte Joanna erkennen, dass es sich um ein älteres Modell handeln musste, recht klobig und mit einer Stummelantenne ausgestattet. Der verrottete Gesamtzustand ließ darauf schließen, dass es schon länger unter der Erde gelegen haben musste, trotzdem fragte sie sicherheitshalber in die Runde: »Kann es sein, dass es jemandem von Ihnen in die Baugrube gefallen ist?«

Die Antwort bestand aus einhelligem Kopfschütteln der umstehenden Bauarbeiter. Joanna richtete ihre Aufmerksamkeit wieder auf die Knochen, genau wie es auch Jules tat. Doch ohne die Meinung eines Experten würden sie hier nicht weiterkommen. Sie hatten Noël Clémence, den Rechtsmediziner, bereits angefordert, doch würde es eine Weile dauern, bis er, aus Colmar kommend, eintreffen würde.

»In welcher Tiefe beerdigt man einen Toten?«, fragte Jules den neben ihm stehenden Pfarrer Moser. Dieser schien sich über den Fehler des Bautrupps, den Graben an der falschen Stelle zu ziehen, wieder etwas beruhigt zu haben.

»Das kommt auf die jeweilige Friedhofssatzung an. In der Regel werden Verstorbene in einer Tiefe zwischen ein Meter 60 und zwei Meter 80 bestattet«, wusste er zu sagen.

Jules ging in die Knie und taxierte das Erdloch. »Diese hier liegen höher, ich würde sagen ein Meter, höchstens ein Meter 20. Das spricht nicht für ein reguläres Grab«, folgerte er.

»In vorangegangenen Jahrhunderten, gerade in Krisenzeiten mit Krieg oder bei Seuchen, kam es vor, dass man Tote mehr oder weniger nur verscharrte«, gab Moser zu bedenken. »Das könnte die geringe Tiefe erklären.«

»Aber diese beiden Skelette sind weder dem Dreißigjährigen Krieg noch der Pest zum Opfer gefallen, sonst hätten sie kein Handy mit ins Grab genommen«, entgegnete Joanna, ohne den Blick von den Gebeinen zu lassen. Einer der Schädel wirkte etwas kleiner und schmaler als der andere. Ließ sich daraus schließen, dass dort unten zu ihren Füßen ein Mann und eine Frau lagen? Womöglich ein Pärchen? So dicht, wie die Skelette einander kamen, könnte das tatsächlich der Fall sein. Unwillkürlich kamen ihr Romeo und Julia in den Sinn – und deren trauriges Schicksal.

Sie hob den Kopf, als sie die sich nähernde Sirene eines Einsatzfahrzeugs hörte. Schneller als erwartet traf der graue Renault-Kastenwagen der Forensik ein. Neben den ganz in Weiß gewandeten Spurensicherern erkannte Joanna auch Noël, der mit beschwingten Schritten auf sie zukam. Joanna sah dem kleinen hageren Mann schon von Weitem an, wie sehr es ihn inspirierte, dem kühlen, kunstlichtgefluteten Obduktionsraum in der Rechtsmedizin wenigstens für ein paar Stunden zu entfliehen und gegen einen Einsatz unter freiem Himmel einzutauschen.

»*Salut*«, grüßte er gut gelaunt und reichte ihr die zartgliedrige Pianistenhand. »Ich dachte, du bist im Mutterschutz und arbeitest nicht mehr.«

»Das trifft zu. Aber wenn ich schon mal da bin, will ich nicht untätig herumstehen.«

Auch Noël, der ihr schon bei diversen Fällen zugearbeitet und dabei wertvolle Dienste geleistet hatte, trug wie die Kollegin und der Kollege der Spurensicherung die papierne Schutzkleidung sowie Schuhüberzieher und Haarhaube. Jetzt zog er sich dünne Latexhandschuhe über und ließ sich eine Teleskopleiter reichen. Damit überwand er spielend den Meter bis in die Grube, ohne zusätzliche Erde loszutreten, steckte als Erstes das Handy in einen Klarsichtbeutel und reichte ihn nach oben. »Ein *Motorola*, zum Aufklappen und mit Stummelantenne«, kommentierte er. »So eines habe ich auch mal gehabt. Den Akku konnte man vergessen. Bei Kälte hielt der keine Stunde.«

»Wie lange ist das her?«, erkundigte sich Jules und drehte den Beutel vor seinen Augen.

»Dass ich so ein Ding benutzt habe?« Noël schürzte die Lippen. »Das muss 2005 gewesen sein, vielleicht sogar noch etwas früher.« Nun deutete er auf die beiden Totenschädel. »Wenn ihr daraus Rückschlüsse auf das Alter dieser Überreste ziehen wollt, wäre das zu früh. Jemand könnte das Handy verloren haben, beim Umgraben verschwand es in der Erde und sackte tiefer. Es muss also nicht zwangsläufig einen Zusammenhang geben.«

Joanna schaute zu, wie der Gerichtsmediziner sich an die Arbeit machte, und die Skelette von Erdkrumen und Staub befreite. Dabei ging er zügig vor, gleichzeitig aber äußerst sorgfältig, ganz wie es seine Art war.

Moser organisierte netterweise ein paar Klappstühle. Ein Angebot, das Joanna sofort annahm, denn vom langen Stehen bekam sie Rückenschmerzen – sie trug ja jetzt das Gewicht von zweien.

»Hand aufs Herz«, sagte sie zu dem Pfarrer. »Hätten Sie das hier gemeldet, wenn wir nicht zufällig da gewesen wären?«

Moser dachte kurz nach. »Offen gesagt: wenn das Handy nicht wäre, wahrscheinlich nicht. Wie schon erwähnt: Knochenfunde sind keine Seltenheit im Umfeld einer alten Kirche. Wenn ich das richtig verstanden habe, ist Ihr Kollege da unten auch nicht sicher, dass es einen Zusammenhang mit diesem Handy gibt. Wahrscheinlich sind die Skelette älter. Deutlich älter. Es ist üblich, dass wir bei Funden dieser Art Hobbyarchäologen hinzuziehen, das sagte ich ja schon. Mitglieder unseres Heimatvereins, allesamt sehr rührig und gewissenhaft. Die meisten Gebeine, die im Umfeld unserer Kirche im Laufe der Zeit ans Tageslicht gekommen sind, stammen übrigens aus dem späten 18. Jahrhundert, kurz danach ließ man einen neuen Friedhof außerhalb des Kirchgartens anlegen.«

»Nach der üblichen Ruhezeit von 30 Jahren ist von einem Leichnam in der Regel nichts mehr übrig, außer vielleicht der Schädel- und die Oberschenkelknochen.« Noëls Kopf tauchte am Grubenrand auf. »Andererseits hängt die Dauer der Verwesung sehr von der Beschaffenheit des Bodens, dem Sauerstoffgehalt und der Feuchtigkeit ab. Insofern kann es hinhauen, dass tatsächlich einige Gebeine die Zeiten weitgehend intakt überstanden haben.«

»Ich hatte also recht mit meiner Vermutung«, sah sich Pfarrer Moser bestätigt. »Die Skelette sind alt.«

»Leider nein«, widersprach Noël. »Ich muss meine erste Vermutung revidieren! Die Toten haben mir gerade gesagt, dass sie keine 15 Jahre hier liegen.«

»Wie bitte?«, fragte Moser, und auch Joanna wunderte sich über die seltsame Formulierung.

»Die Zähne«, präzisierte der Gerichtsmediziner. »Einer der Toten trägt Zahnersatz: eine Krone aus Kunststoff, wie es sie erst seit zehn bis 15 Jahren gibt, wenn ich nicht irre. Ich werde das von einem Experten überprüfen lassen, aber auch sonst verrät der gute Allgemeinzustand der Zähne viel über das wahre Alter der beiden Opfer.« Er deutete in die Grube. »Das kleinere Skelett ist übrigens mit hoher Wahrscheinlichkeit eine Frau, während wir es bei dem großen mit einem Mann zu tun haben.«

Also wirklich, dachte Joanna: Romeo und Julia. »Du sprichst von Opfern«, hakte sie nach. »Kannst du schon etwas über die Todesursache sagen?«

Noël ging in die Knie und hob behutsam einen der Totenschädel an. Den der potenziellen Frau. Vorsichtig drehte er ihn in seinen Händen, wodurch ein großes Loch mit ausgefransten Rändern auf dem Hinterkopf sichtbar wurde. »Es sieht ganz nach äußerer Gewalteinwirkung mit dem berühmten stumpfen Gegenstand aus«, verkündete er. »Es steht zu bezweifeln, dass wir die Tatwaffe ebenfalls in dieser Grube finden, aber vielleicht können die Jungs vom Labor Rückstände der Waffe am Knochen identifizieren.«

»Und Mädels«, sagte Joanna.

»Bitte?« Noël hob fragend die rechte Braue.

»Die Jungs und Mädels vom Labor.« Joanna zwinkerte ihm zu. »Seit dem Tod dieses bedauernswerten Paares hat sich einiges geändert.«

LE DEUXIÈME JOUR
DER ZWEITE TAG

3

Bei der *Auberge de la Cigogne* handelte es sich um ein uraltes Fachwerkhaus mit Butzenscheiben und zahlreichen Schnitzereien im Gebälk. Windschief schmiegte es sich an die Flanke eines Wehrturms, ohne dessen solides Mauerwerk als Stütze es wahrscheinlich längst in sich zusammengebrochen wäre. Wie die meisten Gasthäuser verfügte die *auberge* über ein schmuckes Hauswappen und eine Vielzahl von Geranien auf den Fensterbänken. Jules sah die altehrwürdige Herberge als sein zweites Zuhause an, denn die mütterliche Wirtin Clotilde hatte ihn nach seinem Umzug von der Atlantikküste ins Elsass für die ersten Wochen aufgenommen, liebevoll verköstigt und ihn mit all dem örtlichen Klatsch und Tratsch vertraut gemacht. Ganz nebenbei gab Clotilde, deren Mann Pierre einen kleinen Weinberg in der Nähe bewirtschaftete, ihr Bestes, um Jules vom Elsässer Weißwein zu überzeugen. Nach dem Motto: Steter Tropfen höhlt den Stein.

Wie auch jetzt, als sie sich in der urigen *winstub* im hinteren Teil des Erdgeschosses gegenübersaßen. Auf dem Tisch standen Flaschen, deren Etiketten den Inhalt eindeutig als lokale Gewächse auswiesen.

»Das wird nicht hinhauen«, sagte Jules und musterte sein Gegenüber.

Die rundliche Frau im trachtenähnlichen Kostüm, deren grau gelocktes Haar ein rotwangiges Gesicht umrahmte, fixierte ihn aus ihren wachen Augen, als läge sie auf der Lauer. »Was wird nicht hinhauen, Monsieur le Commissaire?«

»Major«, korrigierte Jules seinen Dienstgrad und antwortete: »Dass wir meiner Verwandtschaft ausschließlich Weißwein vorsetzen. Mich mögen Sie ja inzwischen rumgekriegt haben. Ich trinke ganz gern mal einen kühlen Sylvaner, gerade jetzt im Sommer. Aber mein Vater oder Tante Paulette …« Er schüttelte entschieden den Kopf. »Ganz ausgeschlossen. Da muss ein Bordeaux auf den Tisch.«

Heute ging es um die Speise- und Getränkeplanung für die Hochzeit. Joanna und Jules waren schnell darin übereingekommen, dass die Feier in der *auberge* stattfinden und Clotilde das Hochzeitsmahl ausrichten sollte. Sie genoss ihr volles Vertrauen, und nirgends sonst wurde die Elsässer Küche so authentisch zubereitet wie an diesem Ort. Dennoch musste es Kompromisse geben, weil Jules' Verwandtschaft aus Royan völlig andere kulinarische Richtungen gewohnt war und vor allem bei der Weinauswahl keinerlei Kompromisse eingehen würde.

»Was sagt denn Ihre Zukünftige dazu?«, erkundigte sich Clotilde mit einem schelmischen Grinsen.

Jules drehte seinen Kopf. Joanna, die neben ihm saß, hatte bisher keinen Ton von sich gegeben. »Was meinst du? Ein oder zwei Rotweinsorten sollten es zumindest sein, oder?«, fragte er.

Joanna wiegelte ab: »Lass uns erst einmal über das

Essen sprechen, anschließend suchen wir nach den passenden Begleitern«, schlug sie vor.

Daraufhin knallte Clotilde einen schweren, abgegriffenen Ordner auf den Tisch und klappte ihn auf. Zum Vorschein kamen Dutzende Seiten mit handgeschriebenen Rezepten, geziert mit Soßenklecksen und Fettspritzern.

Jules seufzte, denn auch bei den Speisen würde den verwöhnten Gaumen seiner Familie einiges abverlangt werden. Doch da mussten sie durch, fand er, und schlug zum Auftakt den Klassiker schlechthin vor: *Flammekueche*. Er selbst hatte die köstliche *Tarte flambée* zunächst für eine Art Pizza gehalten beziehungsweise einen Zwiebelkuchen, bis ihm bewusste wurde, um was für ein knusperdünnes Wunder es sich in Wahrheit handelte. Weitere Vorspeisen sollten geräuchertes Fischfilet und *Foie gras* sein. Damit rief Jules einhelliges Nicken hervor.

Schwieriger schon der zweite Gang. Sie befanden sich gerade noch in der Spargelzeit, was Clotilde nutzen und das weiße Gold gemeinsam mit hausgemachter Mayonnaise, einer Vinaigrette und leichter Mousseline kredenzen wollte.

»Spargel? Ich weiß nicht, ob mein Vater etwas damit anfangen kann«, zweifelte Jules.

»Ihr Herr Vater wird ihn lieben«, gab sich Clotilde zuversichtlich und preschte zum nächsten Gang vor, um Jules' anspruchsvolle Sippe gütlich zu stimmen: Weinbergschnecken. »Wer Austern isst, wird unsere Schnecken lieben«, hatte sie einmal behauptet, obwohl das nach Jules' Ansicht zwei verschiedene Paar Schuhe waren. Tatsächlich konnte man dieser Delikatesse in Colmar und Umgebung kaum entkommen, zog doch der Duft der Knoblauchbutter in dichten Schwaden durch die Gassen. Wie hatte es der Elsässer Vorzeige-Autor Tomi Ungerer einmal so treffend ausgedrückt? »Ohne Schnecken wäre die Elsässer Gastronomie gar nicht denkbar.«

Je mehr sie sich dem Hauptgang näherten, desto größer wurden Jules' Sorgenfalten. Er konnte sich weder mit der von Clotilde empfohlenen Presskopfsülze noch mit *Wädele*, kleinen Schweinshaxen, anfreunden. Und erst recht nicht mit *Baeckeoffe*, dem deftigen Schmortopf aus Kartoffeln, Lamm, Schwein, Rind und Gemüse, der mit einer Teigdecke verschlossen stundenlang im Ofen köchelte. Jules bekräftigte, dass man so etwas Deftiges den Gourmets aus Royan keinesfalls vorsetzen dürfte, während Clotilde und nun auch Joanna wortreich dagegenhielten. Da sie keinen Kompromiss fanden, vertagten sie die Auswahl des Hauptgerichts. Clotilde schlug den Ordner lautstark zu.

Dann breitete sie ihre gekreuzten Arme darauf aus und fragte übergangslos: »Ist das wahr mit dem toten Liebespaar, das sie bei der alten Wehrkirche bei Hunawihr verscharrt haben?«

Jules wechselte einen Blick mit Joanna. »Woher wissen Sie davon? Es stand nichts darüber in der Zeitung.«

Clotilde schenkte ihm ein mildes Lächeln. »Lino hat es erzählt.« Bei Lino Pignieres handelte es sich um einen längst pensionierten Dorfpolizisten.

Und woher wusste Lino davon? Diese Frage sparte sich Jules, denn ihm war ja bekannt, dass der alte Gendarm noch immer über so gute Verbindungen verfügte, wie sie der zugereiste Jules niemals würde knüpfen können.

»Die beiden sollen einträchtig nebeneinander gelegen haben, als wären sie noch im Tod vereint gewesen«, redete Clotilde weiter. »Sind Sie jetzt hinter einem Pärchen-Killer her?«

»Ich darf und will zu all dem nichts sagen«, machte Jules deutlich. »Wir stehen mit unseren Ermittlungen erst ganz am Anfang.«

»Aha.« Clotilde zeigte sich zufrieden. »Sie ermitteln also. Dann geht es wirklich um einen Mord. Oder vielmehr Doppelmord.« Sie schürzte die Lippen. »Lino sagte, die Toten seien bereits skelettiert gewesen. Was meinen Sie: Wie lange lagen sie schon unter der Erde?«

»Kein Kommentar«, sagte Jules und stieß Joanna an. Es war an der Zeit zu gehen.

»Zehn Jahre?«, tippte Clotilde und blickte nachdenklich zur Seite. »Zehn Jahre …«, wiederholte sie.

»Auch für eine solche Einschätzung ist es noch zu früh«, sagte Joanna.

Doch Clotilde ignorierte das. Stattdessen tippte sie mit dem Zeigefinger auf den Tisch und erklärte: »Da gab es mal eine große Aufregung, das muss ungefähr zehn Jahre zurückliegen. Ein Paar aus der Gegend verschwand spurlos, und zwar kurz nach deren Trauung.«

Jules, der bereits stand, winkte ab. »Wahrscheinlich haben die beiden ihre Flitterwochen verlängert. Das könnte Joanna und mir auch passieren.«

Joanna dagegen schien Clotildes Hinweis ernster zu nehmen. »Ja, ich meine auch, einmal eine Akte über den Fall in der Hand gehalten zu haben.«

»Fall?«, fragte Jules.

»Ja, ein Cold Case«, antwortete Joanna. »Man ist damals von einem Gewaltverbrechen ausgegangen, da beide Vermissten sämtliche Habseligkeiten zurückgelassen hatten und auch die sonstigen Begleitumstände verdächtig waren. Soweit ich weiß, wurden aber nie ihre Leichen gefunden.«

»Jetzt schon«, zeigte sich Clotilde davon überzeugt, dass sie den richtigen Riecher hatte.

LE TROISIÈME JOUR
DER DRITTE TAG

4

Der Raum war bis zur Decke weiß gekachelt und durch drei Reihen Neonröhren an der Decke von hellem weißem Licht erfüllt, die Atmosphäre so kühl wie die Temperatur. Während Jules im rechtsmedizinischen Institut Noël über die Schultern blickte, dachte er an das schnelle Frühstück zurück, das er sich kurz zuvor auf dem sonnenbeschienenen Place de la Cathédrale gegönnt hatte. Ein Croissant und eine Schale Café au Lait. Das wärmte ihn etwas auf, zumindest innerlich.

Die beiden Skelette waren inzwischen exhumiert und von Lehm und Staub befreit worden. Jetzt lagen die Knochen säuberlich angeordnet auf zwei Edelstahlbahren, um im grellen Neonlicht ihre letzten Geheimnisse preiszugeben.

Noël hatte wieder einmal Wunder gewirkt und binnen Tagesfrist das Rätsel um die Identität der Toten geklärt: »Es handelt sich, wie vermutet, um einen Mann und eine Frau, beide schieden mit Anfang beziehungsweise Mitte 20 aus dem Leben. Wie die Frau wies auch der Mann Merkmale äußerer Gewalteinwirkung auf. Es traten jedoch Unterschiede in der Art der Verletzungen zutage.«

»Also kamen verschiedene Tatwaffen zum Einsatz?«, wunderte sich Jules.

»Da bin ich mir noch nicht ganz schlüssig«, antwortete Noël und räumte ein, dass er bei der Identifizierung der Waffe beziehungsweise Waffen nicht weitergekommen sei. Dafür konnte er mit einem anderen Trumpf aufwarten: »Wir haben es mit den Überresten von zwei Vermissten zu tun, deren DNA in der Polizeidatenbank gespeichert ist«, erklärte Noël und ließ Jules aufhorchen. »Melissa Langlois und Raphaël Hauenstein, die vor neun Jahren geheiratet hatten und kurz darauf spurlos verschwanden.«

»Also doch …«, kam es Jules über die Lippen.

»Hast du es etwa schon gewusst?«, fragte Noël etwas enttäuscht.

»Nein, diese Namen höre ich das erste Mal. Aber eine Bekannte, Clotilde, machte gestern Andeutungen in dieser Richtung. Sie meinte, die Vermisstensache liege um die zehn Jahre zurück.«

»Ihr Gedächtnis hat sie nicht getäuscht«, bestätigte Noël. »Die Ermittlungen sind damals eingestellt worden, nachdem eine großräumige Suche nichts ergeben hatte.«

»Ich werde mir die Protokolle ansehen. Sicherlich ist im Umfeld der Opfer ermittelt worden, und es gibt Aufzeichnungen von den Befragungen. Sonst noch etwas?«

Noël bejahte: »Das Grab im Kirchengarten ist nicht der Tatort, die Leichen sind dorthin bewegt worden. Das schließe ich aus kleineren Frakturen, die beim Schleppen der Leichname entstanden sein müssen und beim Stoß in die Grube.«

Jules wollte wissen, ob sich mit dem alten Handy

etwas anfangen lasse, worauf Noël auf die unterbesetzte Kriminaltechnik verwies: »Das kann dauern.«

»Ich werde mich dahinterklemmen und etwas Druck machen.«

»Damit erreichst du das Gegenteil, Jules«, hielt Noël dem entgegen. »Und wenn ich einen Tipp geben darf: Schick nicht Capitaine Debré vor, denn dann machen die Kollegen erst recht dicht. Wofür ich ein gewisses Verständnis habe, denn die französische Polizei ist hoffnungslos unterbesetzt. Man spart uns tot.«

Ganz so negativ sah Jules die Zustände nicht, aber in vielen Bereichen wurde es inzwischen verdammt eng. Auch der gerade genannte Debré, sein direkter Vorgesetzter bei der Gendarmerie nationale in Colmar, achtete streng auf die Einhaltung des Budgets, deshalb war oft Improvisation angesagt.

Besagtes Handy lag, eingetütet in einen Klarsichtbeutel, auf einem Rollcontainer neben den Obduktionstischen. Noël hob es an und ließ die Plastiktüte vor seinem Gesicht kreisen. »Es bestünde natürlich die Möglichkeit, dass ich mir dieses Ding selbst einmal näher ansehe«, sagte er mit neugierigem Blitzen in den Augen.

»Du bist Arzt und kein Techniker«, wies Jules ihn auf diesen nicht unwichtigen Unterschied hin.

»Ich habe ein abgeschlossenes Studium als Physiker«, entgegnete Noël. »Erst im Zweitstudium bin ich auf Medizin umgeschwenkt.«

Jules fragte sich trotzdem, ob es eine gute Idee war, ausgerechnet einen Leichendoktor mit dieser Aufgabe zu betrauen. »Hast du denn nicht selbst genug um die Ohren?«

Noël nickte in Richtung der beiden Skelette. »Das sind gerade meine einzigen Kunden. Das heißt, ich muss mich korrigieren: Im Kühlfach liegt eine Rentnerin mit unklarer Todesursache. Aber ich habe schon bei der Einlieferung die Anzeichen einer starken Diabetes festgestellt, da wird es sicher keine weiteren Überraschungen geben.«

Jules seufzte. Da er möglichst bald wissen wollte, was es mit dem alten Mobiltelefon auf sich hatte, neigte er dazu, Noëls Angebot anzunehmen. »Mach aber bloß nichts kaputt«, schärfte er dem Doktor ein. »Bislang ist das unser einziges Indiz.«

»Keine Sorge. Ich werde dem Gerät mit dem gleichen Fingerspitzengefühl zu Leibe rücken wie meinen anderen Kundinnen und Kunden. Und danach geht's umgehend ins Labor, damit die Jungs dort auch noch mal drüber schauen. – Und die Mädels.«

»Apropos ›Kunden und Kundinnen‹.« Jules kam noch einmal auf die Auffindesituation der beiden Leichname auf den Seziertischen zu sprechen: »Im Tode vereint. Joanna sagte, dass sie dieses Szenario an Romeo und Julia erinnere.«

»Ein Fall von Shakespeare'schen Dimensionen?« Noël sah ihn nachdenklich an. »Das könnte zutreffen. Viel Drama ist auf jeden Fall dabei.« Dann hellten sich seine Gesichtszüge wieder auf: »Ich hoffe, deine Ehe kommt ohne aus.«

»Ohne was?«, stutzte Jules.

»Ohne Drama«, antwortete Noël mit einem wohlwollenden Lächeln. »Sind die Vorbereitungen denn so weit abgeschlossen? Danke übrigens für die Einladung zum Festessen.«

»Gern. Wir freuen uns auf dich«, versicherte Jules. »Teilst du uns noch mit, ob du allein oder in Begleitung kommst?«

»Zu zweit. Ich bringe meinen Partner Bertrand mit.« Mit einem versonnenen Ausdruck fügte er hinzu. »Wir denken auch ans Heiraten. Aber jetzt bist erst einmal du am Zug, Major.«

5

Aspirantin Alicia Saidi, aufstrebende Kriminalistin mit algerischen Wurzeln, begleitete Jules zum Wohnhaus der Eltern von Melissa Langlois. Jules drückte aufs Gas, wusste er doch, dass Joannas Kollege, ihre Schwangerschaftsvertretung als Untersuchungsrichter, zeitgleich eine Pressekonferenz abhielt. Da sich die Nachricht über den Leichenfund in und um Colmar verbreitete wie ein Lauffeuer, wollte der Richter die bisher bekannten Fakten offenlegen, um Spekulationen der Presse zuvorzukommen. Absolut gerechtfertigt, doch es setzte Jules unter Zugzwang. Denn er musste den Eltern der langjährigen Vermissten gegenübertreten, bevor sie vom Tod der Tochter über andere Kanäle erfuhren. Von ihren Reaktionen versprach er sich Aufschluss über das Verhältnis zwischen Tochter, Vater und Mutter.

»Danke, dass Sie mich ausgewählt haben«, sagte Alicia, deren blaue Kappe akkurat auf dem kurzen, schwarz gelockten Haar drapiert war. Tadellos saß auch die Uniform.

Ausgewählt? Jules hatte sich die junge Kollegin geschnappt, weil gerade niemand anderes in der Dienststelle verfügbar gewesen war. Eine zufällige Entscheidung, doch sicher nicht die schlechteste. »Ich arbeite gern mit Ihnen zusammen«, sagte er. »Ich weiß es zu schätzen, wenn man sich auf jemanden verlassen kann, und von Ihnen habe ich nur Gutes gehört.«

»Danke sehr. Ihr Lob ist mir ein Ansporn«, sagte die Frau, die die Kadettenschule mit Bestnoten abgeschlossen hatte.

»Ist Ihnen der Name Langlois ein Begriff?«, erkundigte sich Jules, wobei er das rasante Tempo beibehielt.

»Mir ist er bisher nicht untergekommen. Die Familie lebt etwas außerhalb der Stadt, vielleicht liegt es daran.«

»Oh ja, der Name Langlois ist mir bekannt. Eine sehr angesehene Familie. Hochstehende Persönlichkeiten.«

Jules zog unwillkürlich seine Schlüsse. Frankreich war eine Klassengesellschaft, die Langlois gehörten offenbar zu den gehobenen Kreisen. Eine Welt für sich, deren Angehörige es einfache Menschen wie Jules und Alicia spüren ließen, dass sie auf sie herabblickten. Jules hatte solche Situationen mehrfach erlebt, konterte aber mit der Macht und den Befugnissen, die ihm seine Dienstmarke verliehen.

Der strahlende Tag mit wolkenlosem Himmel verlor sich, als sie ein Wäldchen erreichten, das das Grundstück zu einem Palais flankierte. Die dichten Laubkronen schirmten das strahlende Sonnenlicht ab und reduzierten es auf gedämpfte Grün- und Blautöne. Nachdem sie den Dienstwagen am Tor geparkt hatten und einen Kiesweg abschritten, glitten ihre Blicke über das herrschaftliche Anwesen, und Jules musste zugeben, dass es ihn beeindruckte.

Er stellte sich vor die Fassade des Haupthauses und bewunderte die schönen Verzierungen und hübschen Ornamente, die von Wohlstand kündeten. Er sah aber auch Efeu an Stellen, wo er nicht hingehörte, abplatzenden Putz, und unter seinen Füßen bröckelte die weiße Marmortreppe.

Eine junge Frau öffnete ihnen die Tür. Der Kleidung und dem unterwürfigen Verhalten nach zu urteilen, handelte es sich um das Dienstmädchen. Nachdem sich Jules und Alicia ausgewiesen und sich nach dem Ehepaar Langlois erkundigt hatten, bat das Mädchen sie herein. Sie wolle die Herrschaften holen und ersuche um einen Moment Geduld.

Sie traten in eine Vorhalle, die gerade in ihrer Schlichtheit besonders großzügig wirkte. Jules' Augen richteten sich auf das schwarz-weiße Schachbrettmuster der Bodenfliesen, dann auf eine weit geschwungene Treppe mit geschnitztem Geländer. Auf halber Höhe zur oberen Etage hing ein leicht verschossener Wandteppich, auf dem eine historische Kampfhandlung dargestellt wurde. Jules tippte auf die Schlacht bei Patay von 1429, ein blutiger Höhepunkt des Hundertjährigen Krieges, als das Königreich England gegen das Königreich Frankreich ins Feld zog. In der Raummitte stand auf einem Sockel ein in Stein gehauenes Abbild einer weiteren historischen Figur. Wahrscheinlich Voltaire. Das sollte wohl vom hohen Bildungsstand der Eigentümer künden.

An beiden Seiten der Halle befanden sich Doppeltüren in die Nebenflügel. Die auf der rechten Seite wurden nun geöffnet, woraufhin zwei ältere Personen das Foyer betraten. Beide schlank und aufrecht, er in einem blassblauen Anzug mit Einstecktuch, sie in einem pastellfarbenen Kostüm mit steinbesetzter Kette und passenden Ohrringen. Die Frisuren saßen, als kämen die Langlois direkt aus dem Frisiersalon.

Man sah Madame und Monsieur Langlois das Geld an, das sie besaßen, und auch den überheblichen Blick, den Jules vorausgesehen hatte, beherrschten beide aus dem Effeff. Gleichzeitig meinte Jules, Verbitterung in ihren Augen zu lesen. War der stolze Auftritt nur Fassade?

»Unser *avocat* hat uns bereits in Kenntnis gesetzt«, kam Monsieur Langlois Jules zuvor, der gerade die Todesnachricht überbringen wollte. »Sie haben sie also gefunden. Unsere Melissa«, fuhr er tonlos fort. »Neun Jahre, nachdem sie verschwand. – Sie haben sich Zeit gelassen. Sehr viel Zeit.«

Sollte das ein Vorwurf sein? Kritik an der Polizeiarbeit? Jules ging nicht darauf ein, sondern sagte: »Eine zufällige Entdeckung. Aber inzwischen haben wir Gewissheit: Bei den in Saint-Jacques-le-Majeur gefundenen Gebeinen handelt es sich zweifelsfrei um die sterblichen Überreste Ihrer Tochter und deren Ehemann, Raphaël Hauenstein. Mein aufrichtiges Beileid.«

Langlois nickte mit kaltem Ausdruck, während seine Frau regungs- und wortlos neben ihm verharrte. Ebenso wie ihr Mann wollte sie Stärke zeigen, doch Jules entging nicht das leise Zittern, das ihren schmalen Körper beben ließ.

»Es tut uns leid, doch wir müssen Ihnen einige Fragen stellen«, sagte Alicia und fing sich damit einen abschätzigen Blick von Monsieur Langlois ein. »Über Ihre Tochter und deren Ehemann.«

»Nennen Sie ihn nicht Ehemann«, wies Langlois sie recht schroff zurück. »Die beiden mögen den kirchlichen Segen empfangen haben und getraut worden sein, aber der Tod hat sie geschieden, bevor sie ihr Ehegelöbnis einlösen konnten.«

»Der genaue Todeszeitpunkt steht bisher nicht fest«, merkte Alicia an.

»Wir haben Melissa nach der Zeremonie und Feier nie wieder zu Gesicht bekommen, deshalb gehen wir davon aus, dass er es unmittelbar danach getan hat«, sagte Langlois und presste seine Zähne aufeinander. Es fiel ihm offensichtlich schwer, nicht aus der Rolle zu fallen.

»Moment«, hakte Jules ein. »Von wem sprechen Sie? Wer soll was getan haben? Hegen Sie etwa einen Verdacht?«

»Raphaël.« Langlois spuckte diesen Namen geradezu aus. »Er ist nicht gut gewesen für unsere Melissa.« Mit einer Geste in Richtung seiner Frau ergänzte er: »Bérénice und ich haben das von Anfang an gewusst und diese Beziehung nicht gutgeheißen.«

»*Pardon*«, widersprach Alicia. »Monsieur Hauenstein ist ebenfalls ein Opfer und daher nicht der Täter.«

»Woher wollen Sie das wissen?«, fuhr Langlois sie so barsch an, dass Alicia zusammenzuckte. »Er könnte unsere Melissa mit in den Tod gerissen haben.«

»Ein erweiterter Selbstmord?«, fragte Jules. »Ist es das, worauf Sie anspielen? Ich kann Ihnen versichern, dass die Auffindesituation der Leichname klar gegen eine solche Möglichkeit spricht. Die Tat wurde von einem Dritten verübt.« Er pausierte kurz. »Was veranlasst Sie dazu, Ihrem Schwiegersohn eine solche Handlung zu unterstellen? Weshalb sollte er die Frau, die er liebte und gerade erst geehelicht hatte, töten wollen?«

»Sie sprechen von Liebe?« Blanker Hass glomm in Langlois' Augen. »Raphaëls ganzes Verlangen galt unserem Vermögen. Unseren Immobilien, den Aktien, aber nicht unserer Melissa. Indem er unsere einzige Tochter zur Frau nahm, hoffte er darauf, möglichst bald an das Geld zu gelangen, das er selbst nicht besaß.«

»Raphaël stammte aus einfachen Verhältnissen«, meldete sich erstmals Madame Langlois zu Wort und machte damit indirekt klar, worum es eigentlich ging: Raphaël gehörte dem falschen Stand an und galt damit nicht als adäquate Partie für ihr einziges Kind Melissa.

»Wäre unser Sonnenschein doch bei Mathis geblieben«, fuhr sie fort, wobei sich ein feuchter Film über ihre Augen legte.

»Mathis?«, fasste Jules nach.

»Ihr langjähriger Freund: Mathis Baur«, übernahm wieder Monsieur Langlois das Antworten. »Ein hochanständiger junger Mann aus gutem Haus. Wir sind mit seinen Eltern befreundet.«

»Diese Freundschaft ist von Bestand, obwohl sich Ihre Tochter von Mathis getrennt hatte?«, wollte Jules wissen.

»Selbstverständlich. Die Baurs sind genau wie wir Mitglieder in der *Fédération française de golf*. Wir stehen regelmäßig gemeinsam auf dem Platz.«

»Mathis ist ein feiner Junge. Es war einfach schön, ihn und Melissa zusammen zu erleben«, gab Madame Langlois ihre Gefühle preis.

Offenbar zu viel des Guten, denn ihr Mann zog einen Schlussstrich: »Unser Familienanwalt wird sich um alles Weitere kümmern.« Langlois streckte die rechte Hand aus. »Hier seine Karte mit Telefon und Adresse in Colmar. Sollten noch Fragen auftreten, wenden Sie sich an ihn.«

Jules nahm die Karte entgegen, stellte jedoch klar, dass je nach Stand der Ermittlungen auch die Eltern selbst für die Polizei zur Verfügung stehen müssten.

»Ungern«, erwiderte Langlois, während wie auf ein verstecktes Signal hin das Dienstmädchen auftauchte. »Emma wird Sie zur Tür begleiten. Guten Tag.«

Jules akzeptierte den Rauswurf, nahm sich aber vor, den blasierten Schlossbesitzern einen weiteren Besuch abzustatten, wenn sich das ergeben sollte. Er hatte sich genau wie Alicia zum Gehen gewandt, als er Madame Langlois' brüchige Stimme in seinem Rücken hörte.

»Wann dürfen wir sie beerdigen?«, fragte sie zaghaft. »Ich meine richtig beerdigen? Ich möchte endlich Abschied nehmen können von Melissa.«

»Zu gegebener Zeit«, blieb Jules vage. »Erst müssen die Untersuchungen abgeschlossen werden.«

»Sehr seltsam«, sagte Jules, als sie wieder über den knirschenden Kies des Weges gingen. »Mal abgesehen von dem blasierten Auftreten dieser Aristokraten hat die Befragung einen schalen Beigeschmack hinterlassen, finden Sie nicht auch?«

Alicia pflichtete ihm bei. »Von Erlösung, dass das Schicksal ihrer Tochter endlich geklärt werden konnte, keine Spur. Schon eher Verbitterung.«

Jules schnippte mit dem Finger. »Ganz genau: Die beiden sind verbittert darüber, dass die Tochter nicht auf ihren Rat gehört hat und ihre eigenen Wege gegangen ist, die sie direkt ins Verderben führten. Für Madame und Monsieur Langlois stand der Schuldige von Anfang an fest, auch wenn er es definitiv nicht gewesen sein kann, weil er selbst zum Opfer wurde.«

»Umso mehr interessiert es mich, was für ein Mensch der Favorit der Langlois ist.«

»Mathis Baur? Den sollten wir uns schnellstmöglich vornehmen«, fand auch Jules. »Wenn er und Melissa eine so innige Beziehung gehabt hatten, ist er vielleicht unser Kandidat. Taucht der Name in den Akten von früher schon auf? Wir sollten das überprüfen.« Sie hatten den Dienstwagen fast erreicht, als er nachschob: »Aber auch mit den Langlois sind wir nicht fertig. Die starke Antipathie gegen den Angetrauten ihrer Tochter kann doch nicht nur vom Standesdünkel herrühren. Da muss mehr dahinterstecken. Ob damals etwas vorgefallen ist? Wissen die Eltern mehr, als sie uns sagen wollten?«

6

Jules machte Feierabend, während sich Alicia noch um die Personalie Mathis Baur kümmern wollte. Auf dem Weg nach Hause freute er sich auf einen entspannten Abend mit Joanna. Seine umtriebige Freundin – und bald Frau – hielt es normalerweise selten in den eigenen vier Wänden aus, viel lieber trieb sie Sport oder mischte sich unters Partyvolk. Entweder war sie mit einer ihrer zahlreichen Freundinnen unterwegs oder mit Jules. Joanna besuchte gern schicke Restaurants, ging ins Kino und liebte Livekonzerte. Doch jetzt, da die Schwangerschaft so weit fortgeschritten war, zog sie ruhigere Freizeitbeschäftigungen vor – was Jules nicht unbedingt etwas ausmachte. So durfte auch er einmal durchschnaufen und die Beine hochlegen. Denn mit Joannas Tempo und Elan konnte er nicht immer mithalten.

Guter Dinge und mit Appetit auf eine hausgemachte Elsässer Köstlichkeit öffnete er die Tür des Mehrfamilienhauses und trat in den Flur. Genau in dieser Sekunde klingelte das Handy. Jules dachte zunächst an einen dienstlichen Anruf, vielleicht war Alicia schon auf etwas gestoßen. Doch der Name auf dem Display sagte etwas anderes aus: Charles rief an.

Jules stutzte. Es kam selten vor, dass sich sein Vater aus dem fernen Royan bei ihm meldete. Wenn, dann musste Jules zum Hörer greifen, um sich mit ihm auszutauschen. Was konnte sein alter Herr also wollen? Sicher hatte es mit der Hochzeit zu tun, und wahrscheinlich handelte es sich um etwas Heikles.

Er lehnte sich an die Flurwand und holte tief Luft, bevor er den Anruf entgegennahm. »*Père?*«, fragte er und merkte gleich, wie förmlich sich das anhörte.

Als die etwas heisere Stimme seines Vaters erklang, hatte er den Mittsiebziger bildlich vor Augen. Etwas kleiner als Jules und von vergleichbarer Statur, das grau melierte Haar zerzaust, die Haut von Sonne und Salzwasser gegerbt. Folgen des jahrelangen Aufenthalts am Strand und auf dem Meer, denn Charles hatte bis zur Rente und dem Tod der Mutter einen Bootsverleih betrieben. Vielleicht, so dachte Jules, würde er selbst einmal sehr ähnlich aussehen, wenn er das gleiche Alter erreicht hatte. Joanna attestierte ihm schon jetzt Analogien zu seinem Erzeuger, vor allem, was manche Wesenszüge wie die Sturheit und Unbelehrbarkeit in gewissen Dingen anbelangte. Jules' Dickkopf, den er zweifelsfrei von Charles geerbt hatte, mochte auch der Grund dafür sein, dass Joanna und er sich so lange zusammenraufen mussten, bis sie wirklich zu einem Paar wurden.

»Wie geht es dir?«, erkundigte sich Jules und fragte im gleichen Atemzug: »Warum rufst du an?«

»Es dreht sich um eure Feier, *mon garçon*«, sagte Charles, was Jules wenig überraschte.

»Ich hoffe, du übermittelst keine schlechten Nachrichten. Ist etwa jemand krank geworden und kann nicht kommen? Onkel Léo wegen seiner Herzprobleme? Oder hat Tante Valérie abgesagt, weil sie ihre Katzen nicht allein lassen will?«

»Nein, nein, das ist es nicht. Alle wollen mit euch feiern.« Jules atmete auf. Aber nur kurz, denn sein Vater war noch nicht fertig. »Wir fragen uns bloß, weshalb ihr die Hochzeit nicht hier ausrichten könnt, in deiner alten Heimat?«

Jules fühlte sich vor den Kopf gestoßen. Warum kam sein Vater erst kurz vor dem Termin mit diesem Wunsch um die Ecke? »Ich arbeite und lebe in Colmar, das Elsass ist meine neue Heimat«, erklärte Jules, wobei er seinen Unmut zügeln musste.

»Man tauscht seine Heimat nicht wie eine ungeliebt gewordene Jacke«, entgegnete Charles. »Außerdem müsst ihr an unser Alter denken. Das Reisen wird beschwerlicher. 1.000 Kilometer steckt man nicht mehr so leicht weg wie in der Jugend.«

Auch als junger Mann hatte sich sein Vater nie weiter als höchstens mal bis Bordeaux von den sicheren Gefilden Royans entfernt. »Ihr seid rüstige Rentner und keine Greise«, konterte Jules.

»Léo geht auf die 80 zu«, gab Charles zu bedenken. »Dazu die Hüftprobleme von Rose. Das lange Sitzen bereitet ihr Beschwerden.«

Jules stöhnte. Was sollte er noch dazu sagen?

»Außerdem ist das nicht alles«, fuhr Charles fort. »Stichwort Essen: Mit der alemannischen Deftigkeit tun sich einige von uns wirklich schwer.«

Jules stampfte mit dem Fuß auf. »Wir geben uns alle erdenkliche Mühe, um für jeden Geschmack etwas zu bieten. Keine Sorge, niemand wird verhungern. Außerdem solltet ihr so fair sein, der Elsässer Küche eine Chance zu geben. Du würdest dich wundern, welche Gaumenfreuden euch hier erwarten.«

»Da halte ich mich doch lieber an *Moules-frites*«, blieb Charles skeptisch.

Doch Jules wollte ihm das nicht durchgehen lassen. »Sei offen für Neues!«, appellierte er an seinen alten Herrn. »Sei offen für Sauerkraut!«

»Bleib mir bloß mit deinem Zeug vom Leib!«, kam es abfällig durch den Hörer.

»Was heißt hier ›mein‹ Zeug? Außerdem tust du ihm unrecht, wenn du *sükrüt* verschmähst.«

»Ich kann es nun mal nicht ausstehen.«

»Du weißt ja gar nicht, wovon du redest. Das ist ja nicht irgendein x-beliebiges Kraut. Die Leute hier geben sich jede Menge Mühe damit. Die Kohlsorte *Quintal d'Alsace* wird in hauchdünne Streifen geschnitten, mit Salz bestreut und mindestens zwei Wochen, manchmal sogar bis zu zwei Monate in Gärbehältern aufbewahrt.«

»Und wozu soll das gut sein?«

»Dadurch entsteht der unvergleichliche säuerliche Geschmack, die zartgelbe Farbe, die angenehme Bissfestigkeit«, schwärmte Jules.

»Das macht es auch nicht besser.«

»Aber es ist total vielseitig: *Sükrüt* passt zu Straßburger Knacks genauso wie zu Würsten aus Montbéliard, zu Speck, Schweinshaxe und Kartoffeln. Ja, ich weiß, du lässt nichts auf deinen Fisch kommen. Aber auch das geht: Bei einer anderen Variante, die als Meeressauerkraut bekannt ist, werden anstelle von Fleischbeilagen Flussfische zum gekochten Sauerkraut serviert.«

»Du kannst noch so lange reden und wirst mich dennoch nicht überzeugen.«

»Das Sauerkraut zählt zweifelsohne zum kulinarischen Erbe Frankreichs«, gab Jules trotzig zurück und wollte selbst nicht glauben, dass er so etwas einmal sagen würde und zum Verfechter eines Elsässer Gerichts mutieren würde. »Sogar in unserer Sprache hat es seinen Platz gefunden: ›*Pédaler dans la choucroute*‹, also im Sauerkraut treten, kennst du, oder? Er geht angeblich auf die frühen Jahre der Tour de France zurück, wo ein Wagen hinter dem Fahrerfeld Werbung für die elsässische Spezialität trug, und bedeutet, dass sich jemand zwar bemüht, aber nicht wirklich gut vorankommt.«

»Ja und die Redewendung ›*Aucun rapport avec la choucroute*‹, sprich: ›Das hat nichts mit dem Sauerkraut zu tun‹, verwendet man, wenn jemand etwas sagt, das die anderen nicht interessiert. Also bitte, lass uns das Thema wechseln.«

»Gut. Kommen wir auf die Getränke zu sprechen.«

»Fang nicht schon wieder mit eurem Weißwein an, diese Diskussion haben wir oft genug geführt.«

»Nein, die Rede ist vom Bier. Ich weiß, dass zum Beispiel Onkel Eric gern mal eines trinkt.«

»Lass hören.«

»Die ursprüngliche Biertradition des Elsass ist ein wichtiger Bestandteil der regionalen Identität …«

»Keine langen Vorträge!«, unterbrach Charles.

»Ein bisschen Background brauchst du: Das Elsass ist die Region Frankreichs, in der das meiste Bier gebraut und vermutlich auch getrunken wird. Nicht nur, dass ein frisch gezapftes Elsässer Bier, *la pression*, ausgezeichnet zur deftigen Küche passt, die Region ist einfach prädestiniert fürs Brauen. Das liegt am Wasser: klar, rein und frisch und an jedem Dorfbrunnen gratis zu bekommen. Dann die natürlichen Keller in den Hügeln und Bergausläufern, in denen der Gerstensaft gekühlt und frisch gehalten werden konnte, und schließlich bekam das Elsass ab dem 19. Jahrhundert Eisenbahnverbindungen in die anderen Regionen in ganz Frankreich. *Meteor*, *Kronenbourg*, *Fischer* – das sind nur die großen Namen, aber mittlerweile haben sich etliche Micro-Brauereien dazugesellt.«

»*D'accord*, gegen ein oder zwei Bierfässer ist nichts einzuwenden«, gestand Charles ihm zu.

Immerhin, dachte Jules und ahnte, dass er noch einen weiten Weg vor sich hatte und viel Überzeugungsarbeit würde leisten müssen.

»Trotzdem bleibt das Essen ein Problem und die Anreise sowieso«, hielt Charles an den Bedenken fest.

Das ärgerte Jules. »Ich erwarte von euch, dass ihr kommt!«, stellte er klar. »Das bist du deinem einzigen Sohn schuldig, und der Rest der Verwandtschaft ist es auch. Ihr könnt mit der Bahn anreisen. Mit dem TGV via Paris, das geht schnell und ist komfortabel. Und wenn ihr die hiesige Kost partout verschmähen wollt, rede ich meinetwegen noch einmal mit der Wirtin.«

Kurz nach dem Gespräch stand er in der Wohnung. Joannas Wangen waren gerötet, sie rieb sich die Augen und gähnte. Sie hatte wohl gerade ein Nickerchen gehalten. Doch der Eindruck täuschte, denn sie hatte ihn kommen hören.

»Bilde ich mir das nur ein oder war das gerade deine Stimme im Flur?«, fragte sie und schlang ihre Arme um seinen Hals. Ihr Babybauch presste sich gegen ihn. »Mit wem hast du gesprochen? Ich hoffe, du hast an der Haustür keine heimliche Geliebte verabschiedet.«

»Charles hat angerufen«, sagte Jules und gab ihr einen Kuss.

»Was wollte er? Alles in Ordnung bei dem alten Knaben?«

»Ja, ja, alles bestens. Er wollte bloß ein bisschen plaudern.«

»So? Untypisch für ihn. Eine geborene Plaudertasche ist er gewiss nicht.« Sie neigte den Kopf. »Sicher, dass es keine Probleme gibt?«

»Ganz sicher«, sagte Jules und hoffte, dass er damit recht behalten würde.

LE QUATRIÈME JOUR
DER VIERTE TAG

7

Natürlich nahm Joanne es Jules nicht ab. Dass Charles ohne triftigen Grund angerufen haben sollte, hielt sie für abwegig. Und dass Jules mit der Wahrheit nicht herausrückte, konnte sie nur auf eine Weise interpretieren: Der Anruf musste mit der Hochzeit zusammenhängen.

Sie wusste, dass es Gegenwind aus Royan gab. Nicht, weil Jules' Vater etwas gegen ihre Liaison hatte, nein, er mochte Joanna, das fühlte sie, außerdem hatte er es ihr gegenüber oft genug gesagt. Sie kamen gut miteinander aus, daran konnte es also nicht liegen. Vielmehr ging es wohl um die Art und Weise, wie die Hochzeit ablaufen sollte, und dass es keine Feier in Südfrankreich geben würde.

Dabei hatte Joanna es sich doch so schön vorgestellt und schon als junges Mädchen ausgemalt, ganz schlicht und authentisch: die Trauung in einer idyllischen Dorfkirche, der anschließende Champagnerempfang mit *Kougelhopf* im lauschigen Kirchgarten und später dann das typisch elsässische Abendessen mit gegrilltem Wildschwein. Nun gut, die Dorfkirche bekam sie ja.

Als Jules am Morgen das Haus verließ, beschloss sie, die Sache selbst in die Hand zu nehmen. Im Fall der liebenden Toten war sie ja leider zur Untätigkeit verdammt; so kurz vor der Entbindung durfte sie ihren Beruf nicht mehr ausüben, sondern konnte nur noch als eine Art Beobachterin kluge Ratschläge verteilen. Also wollte sie die Zeit nutzen und in die Hochzeitsvorbereitungen investieren. Dazu gehörte aus ihrer Sicht, für klare Verhältnisse zu ihrem Schwiegervater in spe zu sorgen. Also rief sie ihn kurzerhand an.

Doch Charles meldete sich nicht. Wahrscheinlich hatte er sich schon auf den Weg zu seiner Boule-Runde gemacht, nahm Joanna mit Blick auf die Uhr an. Der alte Herr ließ nämlich keinen Vormittag aus, um seinem liebsten Hobby zu frönen, und am Nachmittag wurde es unter der Sonne des Südens zu warm dafür.

Da sie schon das Smartphone in der Hand hielt, rief sie ihre Mails auf. Und siehe da: Charles hatte ihr geschrieben. Gestern Abend bereits. Joanna war gespannt, was er auf dem Herzen hatte. Soweit sie sich erinnern konnte, hatte sie noch nie eine E-Mail von ihm bekommen. Sie klickte die Nachricht an und wunderte sich darüber, dass Charles kein einziges Wort formuliert hatte. Nichts, der kleine Bildschirm blieb leer. Doch dann entdeckte Joanna einen Anhang: ein Worddokument. Sie öffnete es, woraufhin ihr Erstaunen noch größer wurde.

Das Dokument bestand aus einer Aneinanderreihung von Speisen: *Coq au Vin*, *Ratatouille*, *Salade niçoise*, *Tarte au citron* und so weiter und so fort. Es folgte eine weitere Liste, diesmal handelte es sich um Weinempfehlungen. Samt und sonders Rotweine aus dem Département Gironde. Wollte Charles ihr vorschreiben, was bei der Hochzeit auf den Tisch kam? Joanna merkte, wie es in ihr zu brodeln begann.

Nachdem sie mehrmals durchgeatmet hatte, gab sie erneut eine Nummer ein, diesmal die von Jules. Doch auch er ging nicht dran. Sein Glück, denn ganz sicher wusste er von den Absichten seines Vaters und hatte sich nur nicht getraut, es ihr zu sagen. Der würde was erleben!

Joanna ärgerte sich dermaßen, dass sie es nicht länger zu Hause aushielt. Sie schnappte sich ihre Handtasche und eine leichte Jacke und verließ die Wohnung. Ohne festes Ziel lief sie los, da hörte sie eine Stimme hinter sich. Unverkennbar die von Lino Pignieres. Sie drehte sich nach ihm um, und tatsächlich lief ihr der alte Gendarm winkend entgegen. Wie üblich trug er eine ausgebeulte Cordhose. Über seinem karierten Hemd spannten sich zwei Hosenträgerbänder, auf dem nahezu kahlen Kopf saß eine Baskenmütze. Schnaufend erreichte sie der beleibte Ruheständler und sagte, dass er gerade von einem Arztbesuch komme, sie auf dem *trottoir* gesehen habe und sich über eine gemeinsame Tasse Kaffee oder einen frühen Pastis freuen würde.

Joanna fand das eine nette Idee, und weil sie ja ohnehin auf andere Gedanken kommen wollte, schloss sie sich dem ehemaligen Landgendarm an. Vorm angesagten Coffeeshop *Au Croissant Doré* mit seiner auffälligen rosaroten Fassade und jeder Menge Jugendstildekor fanden sie zwei freie Plätze an einem winzigen runden Tisch. Sie mussten lachen, als sie merkten, dass sowohl Lino mit seinem Bierbauch als auch Joanna mit dem Babybauch Schwierigkeiten hatten, nahe genug an den Tisch heranzurücken. Joanna bestellte *Citron pressé*, den Saft gepresster Zitronen mit einer Karaffe Wasser zum Verdünnen und Eiswürfeln, während sich Lino mangels Pastis für einen Calvados aus der Normandie entschied.

Joanna fühlte sich in Linos Gegenwart wohl und geborgen. Einer, dem man sein Herz ausschütten konnte. Schnell kam sie auf den Ärger zu sprechen, den ihr Jules' Familie bereitete, was Lino mit einem wissenden und nachsichtigen Gesichtsausdruck zur Kenntnis nahm. »Die wollen den Schwerpunkt auf mediterrane Küche setzen«, ereiferte sich Joanna. »Ich möchte aber eine traditionelle elsässische Hochzeit und verbitte mir diese Art von Einmischung.«

»Die popelige Verwandtschaft«, kommentierte Lino und riet, das alles nicht so ernst zu nehmen. »Die werden sich schon mit unserer Lebensweise anfreunden und *Baeckeoffe* lieben lernen. Wenn nicht: Nach ein paar Tagen sind sie wieder verschwunden, und ihr habt eure Ruhe.«

Ja, dachte Joanna, vielleicht sollte sie es einfach so pragmatisch sehen wie Lino. Sie würde sich dadurch einigen Frust ersparen und auch dem kleinen Mädchen, das in ihr heranwuchs. Sanft strich sie mit Hand über die Wölbung unter dem Blusenstoff.

»Was die beiden Toten von Saint-Jacques-le-Majeur anbelangt«, sagte Lino plötzlich und ohne jede Überleitung. »In der Zeitung steht, dass es sich um Melissa Langlois und Raphaël Hauenstein handelt. Die Sache hat uns damals ziemlich auf Trab gehalten. Habt ihr schon die alten Protokolle gelesen?«

»Ich bin allerhöchstens am Rande damit befasst«, erklärte Joanna. »Meine Prioritäten liegen die nächsten Wochen darin, mich um ein kleines Baby zu kümmern.«

»Ach was! Das nehme ich dir nicht ab«, erwiderte Lino. »Ganz bestimmt wirst du eine gute Mutter sein, doch das heißt nicht, dass dich die aktuellen Fälle kalt lassen. Du bist doch dabei gewesen, als die Skelette gefunden wurden. Also?«

»Also was?«

»Also bitte mehr Informationen für mich«, drängte Lino.

»Ich habe keine. Alles, was ich weiß, hat inzwischen auch die Presse erfahren, und ob die Akten schon durchforstet worden sind, ist mir ebenso wenig bekannt. Bedaure.«

Lino ließ eine Art Grunzen hören, rieb sich mit dem Handballen das Stoppelkinn und sagte: »Dann helfe ich dir mal auf die Sprünge. Das Ganze ist mir nämlich noch recht gut im Gedächtnis geblieben, denn immerhin war vor knapp zehn Jahren ja nicht irgendeine Braut verschwunden, sondern eine Langlois. Eine vornehmere und elitärere Familie kann man im Elsass lange suchen.«

»Die haben euch wohl ziemlich zugesetzt«, nahm Joanna an.

»Das ist gar kein Ausdruck! Bis zum Präfekten sind sie gegangen, um die Polizeiarbeit zu beschleunigen. Aber geholfen haben all ihre heißen Drähte in die Politik auch nichts. Denn zaubern kann die Gendarmerie nicht, und die Spurenlage war dünn.«

Joanna beugte sich interessiert vor. »Wie genau ist das damals abgelaufen? Melissa Langlois und Raphaël gaben sich in der kleinen Wehrkirche das Jawort, dann verschwanden sie plötzlich auf Nimmerwiedersehen?«

»Nein, zunächst lief alles völlig normal. Wir konnten den zeitlichen Ablauf ziemlich genau rekonstruieren. Bei der Trauung passierte nichts, was unsere Aufmerksamkeit erregte, ebenso wenig bei der Feierlichkeit. Niemandem war etwas Ungewöhnliches aufgefallen, und du kannst mir glauben, wir haben wirklich viele Zeugen befragt.« Er kratzte sich am Kopf. »Die Jungvermählten verschwanden am Tag oder in der Nacht zwischen der Zeremonie und der geplanten Hochzeitsreise. Ich erinnere mich, dass es in eines unserer Übersee-Départements gehen sollte, ich glaube nach Guadeloupe.«

»Es gab tatsächlich keinerlei Hinweise darauf, was den beiden widerfahren sein konnte?«, fasste Joanna nach.

Lino kaute nachdenklich auf den Lippen. »Nein«, sagte er schließlich, um sich kurz darauf zu widersprechen: »Das heißt: Einer Spur sind wir nachgegangen.«

»Und die wäre?«

»Es gab da einen Ex-Freund der Braut, der uns kurz ins Visier geraten ist. Wir konnten ihm aber nichts nachweisen, das ist im Sand verlaufen. Letztlich hat sich inoffiziell die Meinung durchgesetzt, dass das Paar einfach durchgebrannt ist, denn mit den Brauteltern war nicht gut Kirschen essen. Ich hätte es verstanden, wenn die beiden jungen Leute Reißaus genommen hätten, um irgendwo anders ihr Glück zu suchen.«

»Ein Trugschluss, wie wir heute wissen«, sagte Joanna.

Lino fasste das wohl als Affront auf, denn er verteidigte sich: »Wir konnten es ja nicht besser wissen. Nichts deutete auf ein Gewaltverbrechen hin. Die einzige Spur in diese Richtung, nämlich das Verhalten des Ex-Freundes, führte ins Leere.« Er rutschte unruhig auf dem Stuhl hin und her. »Hat Jules schon mit dem Pfarrer gesprochen?«

»Mit *Pasteur* Moser? Ja, er ist dabei gewesen, als die Knochen entdeckt wurden.«

Lino winkte ab. »Nein, nein. Ich meine den damaligen Pfarrer. Der, der Melissa Langlois und Raphaël Hauenstein getraut hatte. Er hieß Gauchet. Falls er noch lebt, solltet ihr euch mit ihm unterhalten. Denn immerhin ist es ja sein Pfarrgarten gewesen, in dem die Toten gelegen haben.«

8

Jules und Alicia trafen Mathis Baur in einer Wohnung an, die es in der bilderbuchhaften Innenstadt von Colmar eigentlich gar nicht geben dürfte: kein Fachwerk, keine geduckten Räume mit tief hängenden Balken, kein überbordender Blumenschmuck auf den Fenstersimsen. Das Gebäude passte sich zwar in die Umgebung ein und nahm in etwa die Maße der nebenstehenden Altbauten ein, doch es kam offensiv modern daher und setzte kontrastreiche Akzente aus Stahl, Beton und sehr viel Glas. Alicias Blick nach zu urteilen, gefiel es ihr. Auch das versteckte Lächeln, das sie für den Bewohner der Penthousewohnung im Obergeschoss übrighatte, entging Jules nicht. Wobei er Mathis Baur zugestehen musste, dass er mit seiner stattlichen Größe, den definierten Oberarmen, der trendigen Frisur und den ebenso angesagten Klamotten durchaus etwas hermachte.

»Die Polizei?«, fragte der Mittdreißiger erstaunt, nachdem er geöffnet und die beiden Uniformträger erblickt hatte. »Bin ich zu schnell gefahren?«

Jules, dessen Augen die Designermöbel im Hintergrund erfassten, tippte auf Porsche, BMW oder einen Sportwagen aus französischer Produktion, mit dem er die engen Windungen zwischen den Weinbergen hindurchfegte. Ein Luxus-Sportwagenhersteller *à la francaise* stach ja besonders heraus – und das weltweit: *Bugatti*. Ob der junge *Beau* einen solchen besaß? Obwohl – jung? Nach Jules' Informationen war Mathis Baur bereits 35, aber so, wie er auftrat, führte er das Leben eines ungebundenen Bonvivants.

»Wir ermitteln im Fall des Leichenfundes von Saint-Jacques-le-Majeur«, sagte Alicia. »Sie haben davon gehört?«

Baur schüttelte den Kopf. Doch nicht, um Nein zu sagen. Er beförderte mit dieser Bewegung lediglich eine Tolle seines jugendlich blonden Haares aus der Stirn – und gewann Zeit. Jules war sich sicher, dass Baur sofort gewusst hatte, weshalb sie ihn sprechen wollten. Die Frage mit der angeblichen Geschwindigkeitsübertretung hatte er bloß vorgeschoben.

»Oh ja, davon habe ich gehört«, sagte er dann mit der nächsten ablenkenden Geste: Er rieb sich den Nasenrücken.

»Sie wissen, weshalb wir mit Ihnen reden möchten?«, fragte Jules und fasste den nervösen Mann fest ins Auge.

»Nicht wirklich«, antwortete Baur und trat von einem Bein aufs andere. »Ich meine: Das alles ist ewig her. Ich kann mich kaum noch an Melissa erinnern.«

Nun war es heraus: Mathis Baur befürchtete, dass der alte Fall erneut aufgerollt werden würde – und er noch einmal ins Visier der Ermittler geraten könnte.

Alicia, die ihre Professionalität über ihre vermeintliche Schwärmerei stellte, erklärte Baur, dass sie den Inhalt der früheren Protokolle und damit auch seine Aussagen bereits kenne. »Sie haben sich damals überzeugt gezeigt, dass Raphaël Hauenstein in einem Anflug von Eifersucht seine gerade angetraute Frau umgebracht habe und anschließend geflohen sei.«

»Ja«, nickte Baur. »Ich hatte kein sehr gutes Verhältnis zu Raphaël, im Klartext: Ich konnte den Kerl nicht ausstehen. Außerdem ist er aggressiv und ein Schläger gewesen. Er rastete leicht aus.«

»Es gibt keine polizeilichen Einträge, die das belegen«, hielt Alicia dem entgegen. »Nicht eine einzige Anzeige wegen Körperverletzung oder dergleichen.«

»Trotzdem hat er gern mal zugelangt, das habe ich am eigenen Leib zu spüren bekommen.«

»Sie sehen nicht so aus, als würden Sie sich das gefallen lassen«, merkte Jules an.

Und Alicia wollte wissen: »Was gab es denn für einen Grund dafür, dass Herr Hauenstein Sie attackiert haben sollte?«

Baurs Augen verengten sich. »Den kennen Sie. Wenn Sie die Protokolle gelesen haben, wissen Sie, dass Melissa und ich zusammen gewesen sind. Eine ganze Weile sogar, und wenn Raphaël nicht aufgekreuzt wäre, hätte ich sie geheiratet. Eine Frau wie Melissa trifft man nur einmal im Leben.«

»Sagten Sie eingangs nicht, Sie könnten sich kaum mehr an sie erinnern?«, hakte Jules nach.

»Ja, nach so vielen Jahren lernt man loszulassen. Ich habe mich damit abgefunden, und wie Sie sehen, geht es mir gut. Ich lebe mein eigenes Leben, Melissa spielt darin schon lange keine Rolle mehr.«

So, wie er das betonte, hörte es sich in Jules' Ohren an, als machte er sich selbst etwas vor.

»Waren Sie – trotz Ihrer Differenzen mit dem Bräutigam – bei der Trauung anwesend?«, wollte Alicia wissen.

»Ja, war ich. Steht bestimmt auch in den Protokollen.«

»Wir rekonstruieren die Ereignisse am Tag des Verschwindens der beiden mit einem neuen Ansatz. Jetzt geht es nicht mehr um eine Vermisstensache, sondern um Mord«, erläuterte Jules. »Haben Sie Melissa oder Raphaël oder sogar beide nach der Trauung und den Feierlichkeiten noch einmal zu Gesicht bekommen?«

»Nein.« Die Antwort kam verdächtig schnell.

»Woher wollten Sie dann wissen, dass es zu einem Streit zwischen den Eheleuten kam, der mit einer Bluttat endete?«, nahm Alicia ihn in die Zange.

»Das weiß ich nicht mehr! Es war eben der erste Impuls, als ich hörte, die beiden würden vermisst. Ich wusste ja, dass Raphaël nicht der Richtige für Melissa war und dass er sich nicht beherrschen konnte.«

»Was soll ihn denn so sehr in Rage gebracht haben? Die Eifersucht auf Sie?«

»Schon möglich. Er hat mich als Rivalen betrachtet.«

»Haben Sie ihm denn an jenem Tag einen triftigen Grund für seine Eifersucht gegeben?«, erkundigte sich Alicia.

»Da reichte allein schon meine Anwesenheit.« Baur winkte ab. »Aber ist das inzwischen nicht alles egal? Wenn – wie es auf der Website der Zeitung steht – beide erschlagen worden sind, muss ich mich wohl getäuscht haben. Raphaël kann es nicht gewesen sein, oder? Dann war es ein Raubmord, jeder wusste ja, dass Melissa aus vermögender Familie stammte.«

»Sie sind sehr schnell damit, Rückschlüsse auf Täter

und Tatmotiv zu ziehen«, stellte Jules ein wenig spöttisch fest. »Mir wäre es lieber, wenn Sie das Spekulieren sein lassen und sich stattdessen auf die Fakten beschränken.«

»Die Fakten, die Fakten …« Baur, ohnehin angespannt, wurde zusehends unsicher. »Was erwarten Sie eigentlich von mir? Das Ganze ist fast zehn Jahre her. Auch wenn ich oft daran zurückgedacht habe, ist vieles verwischt und weit entfernt. Was ich genau getan habe an diesen Tagen, kann ich Ihnen nicht mehr sagen, das ist weg aus dem Gedächtnis. Lesen Sie lieber noch einmal die Akten, da ist mehr Verlass drauf, als wenn ich versuche, mir irgendetwas aus den Fingern zu saugen.«

»Wie gesagt: Wir sind die Protokolle bereits durchgegangen«, wiederholte Alicia.

»Aber etwas Wesentliches fehlt darin«, ergänzte Jules.

Baur sah ihn verdutzt an, gleichzeitig zog er die Schultern ein, als würde er sich vor dem fürchten, was als Nächstes kam. »Hören Sie«, sagte er dann. »Ich denke, es ist besser, wenn ich meine Eltern informiere, ehe wir weiterreden.«

»Ihre Eltern?«, fragte Jules.

»Beides Anwälte«, wusste Alicia. »Sie betreiben die Kanzlei *Baur & Konsorten*.«

»Sie benötigen keinen anwaltschaftlichen Beistand«, sagte Jules. »Sie sind Zeuge, kein Verdächtiger.«

»So etwas kann sich schnell ändern.« Baur fasste an die Tür. »Gehen Sie bitte. Das nächste Mal melden Sie sich vorher an, damit ich meinen Vater hinzuziehen kann.«

Warum nicht gleich Papa und Mama zusammen? Jules verkniff sich diese Bemerkung. »Gut«, stimmte er zu. »Wenn Sie das für den richtigen Weg halten, wollen wir Sie nicht länger aufhalten.«

Sie hatten das Glashaus verlassen, da fragte Alicia: »Worauf wolltest du hinaus, als du sagtest, dass in den Akten etwas Wichtiges fehlt? Was meinst du damit?«

»Der Grund für die Trennung von Melissa«, antwortete Jules. »Hatte sie Mathis Baur verlassen, weil sie sich in jemand anderen verliebte, oder war etwas vorgefallen, was zur Trennung von ihr und Baur geführt hatte? Womöglich ist nicht Raphaël Hauenstein der Mann mit Neigung zu Jähzorn und Gewalt gewesen, sondern Mathis Baur selbst.«

»Guter Punkt«, meinte Alicia. »Ich bin der Meinung, dass Baur uns einiges verschweigt. Seine Erinnerungslücken nehme ich ihm nicht ab, und dass er Melissa aus seinem Leben gestrichen hat, ist eine glatte Lüge.«

»Wieso bist du dir so sicher?«, wollte Jules wissen.

»Hast du es nicht gesehen? Das große Porträtbild von Melissa weiter hinten in seinem Flur. Und direkt davor stand eine Vase mit roten Rosen. Jede Wette, dass er ihr noch immer nachtrauert.«

»Ihr – oder der Frau, die sie gewesen war, bevor sie sich Raphaël Hauenstein an den Hals geworfen hatte.«

9

Joanna erreichte Jules am Smartphone. Den Hintergrundgeräuschen nach zu schließen, lief er gerade durch die Altstadt. Deutlich konnte sie die Stimmen der vielen Touristen in unterschiedlichsten Sprachen hören. Sie bat Jules darum, sie mit dem Wagen abzuholen und mit ihr nach Hunawihr zu fahren.

»Hunawihr? Ich bin gerade mit Alicia unterwegs, wir haben den Ex-Freund von Melissa Langlois befragt und wollen jetzt Capitain Debré Bericht erstatten«, wandte Jules ein.

»Das kann Alicia allein übernehmen. Hol mich bitte ab. Ich warte vor der Tür.«

Jules stieß die Tür auf und half Joanna in den weißblauen Renault der Gendarmerie. Mit einem Ächzen ließ sie sich in den Sitz sinken und legte den Gurt an, worauf sie gern verzichtet hätte, denn je runder ihr Bauch wurde, desto unangenehmer geriet das Anschnallen.

»Was machen wir in Hunawihr?«, fragte Jules, während er anfuhr. »Der Frauenarzt ist in Colmar, oder hast du ihn auf die letzten Meter gewechselt?«

»Wir fahren zu einer Befragung«, klärte Joanna ihn auf, worauf Jules einen unbeabsichtigten Schlenker machte, während er sie ansah.

»Was für eine Befragung? Und wieso *wir*? Darf ich dich daran erinnern, dass du im Mutterschutz bist?«

Joanna wollte das nicht hören. Zu Hause war es todlangweilig. Außerdem blieb bis zum errechneten Termin noch genügend Zeit, warum sollte sie die verbleibenden Tage nicht nutzen? Wenn es dann doch plötzlich losgehen sollte, wäre Jules ja in der Nähe und könnte sie ins Krankenhaus bringen – sogar mit Blaulicht.

»Durch Zufall bin ich Lino in die Arme gelaufen«, holte sie aus. »Der war natürlich bestens im Bilde und wusste jedes Detail über die Vermisstensache von damals, die sich als potenzieller Doppelmord entpuppt hat. Er hat mich darauf gebracht, mit dem Pfarrer zu sprechen.«

»Mit *Pasteur* Moser?«, fragte Jules. »Haben wir doch längst. Er ist dabei gewesen, als wir die Skelette gefunden haben.«

»Nein, nicht Moser. Es geht um *Pasteur* Gauchet, den Altpfarrer. Er ist es gewesen, der Melissa und Raphaël getraut hatte. Moser ist sein Nachfolger.«

»Was soll das bringen?«, fragte Jules wenig begeistert.

Joanna wusste, dass ihr Zukünftiger nicht besonders viel von Linos Ratschlägen hielt, und erklärte sich daraus sein griesgrämiges Gesicht. »Das Pfarrhaus liegt nicht weit von der Stelle entfernt, an der die Toten lagen. Das sind keine 30 Meter. Gauchet hätte mitbekommen müssen, wenn jemand in seinem Garten eine Grube gräbt.«

»Hat Lino das so gesagt?«

»Wieso fragst du das so geringschätzig? Es ist kein abwegiger Gedanke.«

»Und was, wenn dieser Gauchet das Loch selbst ausgehoben hat?«

»Dann hätten wir erst recht einen Grund dafür, mit ihm zu reden. – Andererseits: der Pfarrer als Mörder? Warum hätte er das tun sollen?«

»Es ist zumindest seltsam, wenn er wirklich nichts mitbekommen hat von den Geschehnissen im Garten.«

»Siehst du!« Joanna fühlte sich bestätigt. »Darum müssen wir ihn befragen.«

Pasteur Gauchet, der seinen Alterssitz in einem ausgedienten Bauernhaus am Stadtrand von Hunawihr gefunden hatte, empfing sie mit Gartenhandschuhen und Rosenschere. Er war gerade damit beschäftigt gewesen, die dornigen Zweige in einem Beet neben der Haustür zurückzuschneiden. Ein älterer Herr mit gekrümmtem Rücken, weißem Haar und neugierig-freundlicher Miene.

»Wie kann ich Ihnen behilflich sein?«, fragte er und richtete sich auf.

Joanna sah genau hin, konnte jedoch keinerlei Argwohn oder Misstrauen in seinen Augen lesen, als er Jules' Uniform musterte. Das änderte sich auch nicht, als Jules den Grund ihres Kommens genannt hatte.

»Melissa Langlois und Raphaël Hauenstein«, griff der Altpfarrer die Namen der Verstorbenen auf. »Ja, ich erinnere mich gut. Ein angenehmes junges Paar und sehr verliebt. Es ist lange her, und trotzdem habe ich dieses Paar noch bildlich vor Augen. Die Aufregung, als beide plötzlich verschwanden, war groß. Niemand konnte sich einen Reim darauf machen.«

»Doch nun sind sie wieder aufgetaucht – skelettiert im Pfarrgarten«, merkte Joanna an und glaubte, ein leises Zucken in Gauchets Mundwinkeln wahrzunehmen.

»Ich habe davon gehört. Eine schlimme Geschichte«, meinte der Geistliche.

»Wir fragen uns, wie die Körper der beiden dorthin gelangt sind«, sagte Jules.

»Zu Tode gekommen sind sie an einem anderen Ort, so viel steht inzwischen fest«, ergänzte Joanna. »Warum aber hat der Mörder sie ausgerechnet an der Stelle begraben, an der wir sie gefunden haben? Ganz nahe an Ihrer damaligen Wirkungsstätte.«

Es machte den Eindruck, als wäre Gauchet mit der Frage überfordert, also fügte Joanna hinzu: »Wir wenden uns an Sie, weil Sie – bewusst oder unbewusst – eventuell Beobachtungen gemacht haben, die uns bei den Ermittlungen der Ereignisse von damals weiterhelfen können.«

»*Pasteur* Gauchet, Sie haben damals im Pfarrhaus gewohnt wie heute *Pasteur* Moser«, nahm Jules den Faden auf. »Wie kann es Ihnen entgangen sein, dass jemand quasi vor Ihrer Nase zwei Leichen vergrub?«

Gauchets Gesichtszüge hellten sich auf. Nun hatte er offenbar verstanden, was man von ihm erwartete. »Ich habe einen sehr festen Schlaf. Ich stelle mir immer zwei Wecker, wenn ich sichergehen will, dass ich nicht verschlafe, aber auch das ist keine Garantie«, erklärte er. »Wenn sich nachts jemand im Garten zu schaffen gemacht hat, habe ich es sicher nicht bemerkt.«

Für Joanna hörte sich das überzeugend an. Doch Jules reichte diese Auskunft nicht: »Spätestens am nächsten

Tag hätte Ihnen die frisch aufgewühlte Erde auffallen müssen.«

Gauchet konnte auch dieses Argument entkräften: »Der Garten ist größer, als man denkt, und ich habe keine Kontrollgänge gemacht, falls Sie das annehmen. Außerdem war da die Baustelle: Vor neun Jahren haben wir schon einmal einige Rohre erneuern müssen. Ich weiß noch genau, dass dafür ein Kleinbagger benutzt wurde, der ist ständig hin und her gefahren und hat quasi den ganzen Garten umgepflügt.«

Auch das klang plausibel, fand Joanna und fragte: »Haben Sie eine Ahnung, wer es getan haben könnte?« Eine sehr offene und fast schon unprofessionelle Frage. Das wusste Joanna selbst. Aber vielleicht könnte sie Gauchet damit eine impulsive Vermutung entlocken.

»Nein, das habe ich nicht«, enttäuschte er ihre Erwartung. »Ich bin die ganze Zeit davon ausgegangen, dass sie noch leben. Niemals habe ich mit einem solchen Ausgang gerechnet.«

»Wo sollen sie Ihrer Meinung nach denn gewesen sein?«

»Ich nahm an, dass sich beide ins Ausland abgesetzt haben«, sagte Gauchet, denn der strenge Vater habe an seinem Schwiegersohn kein gutes Haar gelassen und selbst am Tag der Hochzeit noch gegen ihn intrigiert. »Ich hätte es verstanden, wenn sie dem Elsass den Rücken gekehrt und woanders ihr Glück gesucht hätten, um ihr eigenes Leben ohne ständige Einmischung zu führen.«

LE CINQUIÈME JOUR
DER FÜNFTE TAG

10

»Ihr kommt genau richtig«, begrüßte Clotilde am nächsten Morgen die frühen Gäste und schlug die Holzklappe nach oben, die den Gastraum von der Theke trennte. »Folgt mir in die Küche. Es ist alles vorbereitet, ihr könnt kosten und sagen, was ihr davon haltet. Die ganze Palette elsässischer Kochkunst.«

Jules und Joanna zögerten, ihr zu folgen, und blieben zunächst im Gastraum stehen, wo sich einige wenige Frühstücksgäste befanden.

»Was ist?«, fragte die matronenhafte Wirtin mit unduldsamem Unterton. »Sagt nicht, dass euch um diese Uhrzeit der Sinn noch nicht nach *Tarte* und *Quiche* steht. Auf später können wir das Probeessen nicht verlegen, dann haben wir hier ein volles Haus.«

»Doch, natürlich wollen wir probieren«, beeilte sich Jules zu versichern. »Alles, was Pierre und Sie auf dem Herd oder im Backofen zaubern, schmeckt einfach vorzüglich, und zwar rund um die Uhr.«

»Aber?«, blieb Clotilde misstrauisch.

»Jules sorgt sich, dass seine Verwandtschaft rebelliert«, sprach Joanna aus, was Jules angesichts von Clotildes strengem Blick nicht über die Lippen brachte. »Wenn wir bei unserer Vermählung die Küche des Südens nicht gebührend würdigen, gibt das böses Blut.«

»Ein paar Einsprengsel aus der Provence oder dem Languedoc reichen wohl nicht aus«, ergänzte Jules. »Wenn wir einen Tumult vermeiden wollen – und glauben Sie mir, dazu ist meine Familie willens und in der Lage –, dann müssen wir so etwas wie ein ›Best of two worlds‹ auffahren.«

Clotilde sah ihn verständnislos an. »Bitte was?«

»Eine ausgewogene Mischung«, übersetzte Joanna, »von beidem das Beste.«

»Dem *Baeckeoffe* könnte man zum Beispiel *Poulet en cocotte du midi*, also Huhn auf südfranzösische Art gegenüberstellen«, schlug Jules vor.

»Und neben die *Lauchquiche mit Münsterkäse* stellen wir eine *Quiche provençale*«, ergänzte Joanna.

Clotildes Mienenspiel verriet, wie wenig sie von diesen Extrawünschen hielt, da setzte Jules sogar noch eins drauf.

»Es gibt eine weitere Herausforderung«, sagte er mit mulmigem Gefühl. »Die Tischordnung.«

Wie aufs Stichwort zog Joanna einen gefalteten Zettel aus ihrer Handtasche und reichte ihn Clotilde: die Gästeliste. »Wer kommt mit wem aus und mit wem nicht? Wir müssen genau überlegen, wie wir die Tischkärtchen verteilen.«

»Außerdem muss der Sicherheitsaspekt berücksichtigt werden«, fuhr Jules fort. »Wenn mein Onkel Eric zusagt, was noch nicht ganz sicher ist, haben wir es mit einer Handvoll Leibwächter zu tun.« Eric Duval war lange Jahre Innenminister im Kabinett von Staatspräsident Valéry Giscard d'Estaing gewesen und stand nach wie vor unter besonderem Schutz.

»*Mon dieu*«, entfuhr es Clotilde. »Was für ein Aufwand.« In der nächsten Sekunde hatte sie sich wieder im Griff und kehrte die über Jahrzehnte antrainierte Professionalität einer Wirtin heraus. »Der Gast ist König. Wir werden das schaffen und alles dafür tun, dass Sie den schönsten Tag des Lebens vollauf genießen können.«

Nachdem das geklärt war, begleiteten Jules und Joanna sie in die Küche, wo Clotildes Mann Pierre und ein Gehilfe einige Kostproben vorbereitet hatten. Jules lief allein vom Anblick der deftigen Appetithappen das Wasser im Mund zusammen, darunter der Räucherwurstaufschnitt *Assiette de Charcuterie* und die mit Speckstreifen und Béchamelsoße überbackene *Tarte aux Oignons*, ein deftiger Zwiebelkuchen. Zur Wahl standen außerdem Suppen, wie Elsässer Grieß- und die etwas eigenwillige Sauerkrautsuppe; man musste ihr eine Chance geben. Jules war allerdings erleichtert, dass Pierre und Clotilde eine weitere Elsässer Vorspeise ausgespart hatten: saure Rüben mit Schweineschwänzen – das war dann doch zu bizarr.

Jules kostete *Coq au Riesling* und war angenehm überrascht. Der Hahn in Weißwein, von Clotilde mit Spätzle serviert, dürfte auch dem Gaumen seines verwöhnten Vaters schmeicheln, und die *Truite au Riesling*, Forelle in Weißweinsoße, schmeckte einfach vorzüglich. Die Fischsorte erschien Jules als eine weise Wahl, denn in der Region galt eigentlich auch der Karpfen als opportun: Als *carpe frite* wurde er gebacken oder gebraten serviert. Die Verwandtschaft aus Royan hätte wahrscheinlich die Flucht ergriffen.

Während sich Joanna den Desserts widmete und ihre Freude am *Soufflé au Kirsch* und dem obligatorischen *Kougelhopf* hatte, stieß Clotilde Jules an den Arm und raunte ihm zu: »Gibt es etwas Neues über unser Liebespaar? Sie wissen schon: Melissa Langlois und ihr Raphaël? Das, was in der Zeitung steht, ist nicht gerade viel.«

»Wir gehen mit den Informationen an die Presse sehr restriktiv vor, um die Ermittlungen nicht zu erschweren«, begründete Jules. »Der Untersuchungsrichter hat bisher nur das Notwendigste preisgegeben.«

»Wenn das mal kein Fehler ist«, wandte Clotilde ein.

»Wieso?«

»Weil – wenn ich das richtig sehe – Sie außer den Akten von früher nicht besonders viel in der Hand haben, oder? Ein Aufruf in der Presse könnte Ihnen Zeugen liefern, die damals etwas mitbekommen haben, aber nicht befragt worden waren. Oder sie meldeten sich bisher nicht, weil ja nie klar war, was mit Melissa und Raphaël geschehen war. Viele dachten, sie hätten sich aus dem Staub gemacht. Von Mord war nicht die Rede.«

Jules tauschte einen Blick mit Joanna. »Wir werden darüber nachdenken«, sagte er dann. Denn Clotildes Vorschlag hatte durchaus etwas für sich. Sollten sich neue Zeugen melden, könnte das den Durchbruch bringen.

Kaum vor der Tür, erreichte Jules ein Anruf: Noël meldete sich. Jules hielt das Smartphone so, dass Joanna mithören konnte.

»Ich habe die Überreste der Toten gründlich untersucht«, sagte der Gerichtsmediziner. »Dabei fiel mir auf, dass ich bei der Art der tödlichen Verletzung nachbessern muss. Beide Leichen weisen eine zertrümmerte Schädeldecke auf, was mich anfangs zu der Annahme verleitete, die Opfer wären auf die gleiche Weise zu Tode gekommen.«

»Aber das ist nicht der Fall?«, wunderte sich Jules.

»Wahrscheinlich nicht. Bei der Frau bleibe ich bei meiner ersten Vermutung: Sie traf ein heftiger Hieb mit einem stumpfen Gegenstand. Der Mann aber ist wahrscheinlich gestürzt und schlug mit dem Hinterkopf auf einer Steinkante, an einem Fels oder Ähnlichem auf. Dafür spricht die Form der Verletzung und auch deren Größe.«

»Interessant«, murmelte Joanna.

»Kann es sich demnach um einen Unfall gehandelt haben?«, wollte Jules wissen.

»Ausschließen lässt sich das nicht. Er könnte natürlich auch gestoßen worden sein. Leider kann ich das nach so langer Zeit nicht mehr verifizieren, denn so etwas könnte man nur anhand von Hämatomen feststellen.«

»Bei Melissa Langlois bleibst du aber dabei: Sie wurde erschlagen«, vergewisserte sich Jules.

»Ja«, bestätigte Noël, der mit hörbarem Stolz hinzufügte: »Mir ist es inzwischen sogar gelungen, einen ersten Hinweis auf die Tatwaffe zu entdecken. Moment, ich schicke ihn eben durch.«

Jules' Handy piepte, worauf ein Bild auf dem Display erschien. Erkennen ließ sich ein winziger Splitter auf dem gläsernen Objektträger eines Mikroskops, nur wenige Millimeter groß.

»Ein kleiner Schnitz Lindenholz«, erläuterte der Experte. »Er hatte sich im Inneren des Schädels unterhalb der linken Augenhöhle verhakt. Fast hätte ich ihn nicht beachtet, denn die Leichname waren durch das lange Liegen unter der Erde insgesamt sehr verunreinigt, aber dann habe ich das Stück Holz doch näher geprüft und festgestellt, dass es Farbpigmente aufweist.«

»Jemand hat es angemalt?«, hinterfragte Joanna.

»Ja, es stammt also nicht von einem der Bäume in der Nähe des Grabes, sondern von einem Haushaltsgegenstand oder etwas in der Art.«

»Gartenzaunlatte?«, tippte Jules.

»Aus Lindenholz? Dann doch wohl eher von einem Kunstobjekt«, widersprach Joanna. »Vielleicht eine Schnitzerei. So etwas ist im Elsass ja weit verbreitet.«

»Kann sein«, bestätigte Noël. »Ich werde das berücksichtigen und nach weiteren Spuren suchen. Die beiden Toten scheinen bereit zu sein, noch mehr Geheimnisse preiszugeben. Man muss sich nur die Zeit nehmen und sich auf sie einlassen.«

»Wenn du meinst. Ich bin gespannt, was du noch herausfindest. Mit dem Handy bist du ebenfalls weitergekommen?«

»Leider nein«, bedauerte Noël. »Da habe ich den Mund wohl etwas zu voll genommen. Ich habe es inzwischen ins Labor gegeben. Die haben mir versprochen, es mit Priorität zu untersuchen.«

»Auch gut. Halt uns auf dem Laufenden«, bat Jules.

11

Mit dem neuen Wissen im Hinterkopf und Alicia an seiner Seite fuhr Jules eine gute halbe Stunde später erneut zum Fundort der Toten. Dort wollte er mit Hilfe von *Pasteur* Moser der Frage nachgehen, warum sich der Täter oder die Täterin gerade diesen Ort ausgesucht hatte, um die Opfer unter die Erde zu bringen.

Moser wartete bereits auf sie. Er stand in der Einfahrt, wo er sich mit einem der Bauarbeiter unterhalten hatte, und winkte ihnen zu.

»Schön, dass Sie sich noch einmal Zeit für uns nehmen«, sagte Jules, nachdem er den Dienstwagen geparkt hatte und dem Pfarrer gemeinsam mit Alicia in den hinteren Teil des Gartens folgte.

»Das ist doch selbstverständlich«, meinte Moser, »allerdings bezweifele ich, dass ich viel dazu beitragen kann.«

Die aufgeworfene Grube wurde noch immer vom blau-weißen Absperrband der Polizei umspannt. Alicia hob es an, sodass sie sich darunter hindurchducken konnten.

»Was meinen Sie, wie lange die Sperre bleiben muss?«, erkundigte sich Moser. »Die Erdarbeiten in diesem Teil sind abgeschlossen, wir würden gern bald planieren und neues Gras einsäen. Spätestens bei Ihrer Hochzeit sollte es hier wieder manierlich aussehen.«

»Ja, ich denke, wir können den Fundort bald freigeben«, fand Jules. Dann ließ er sich von Alicia einen kleinen Stapel Fotoabzüge in mittlerer Größe reichen und hielt sie so über das Erdloch, dass alle drei einen guten Blick darauf hatten.

Die Bilder zeigten aus verschiedenen Winkeln die Toten, so wie sie aufgefunden worden waren. Als die Fotos angefertigt wurden, hatte Noël die Überreste bereits weitgehend von Erde und Lehm befreit.

»Die Parallele zu Romeo und Julia, die meine zukünftige Frau gezogen hat, ist nicht von der Hand zu weisen«, stellte Jules erneut fest.

»Nur dass es sich entgegen der klassischen Vorlage mitnichten um einen gemeinsamen Suizid handelt, nicht wahr?«, fragte Moser.

»Nein, das schließen wir aus«, bestätigte Jules. »Trotzdem muss man sich die Frage stellen, warum die Leichname vom Täter auf diese Weise angeordnet worden sind: als Paar. Als hätte er oder sie es akzeptiert und gewürdigt, dass die beiden verheiratet waren.«

»Handelte er aus schlechtem Gewissen und wollte sie wenigstens nach dem Tod wieder vereinen?«, spekulierte Alicia.

»Um ihnen die letzte Würde wiederzugeben«, knüpfte Moser an. »Das würde mir einleuchten.«

»Oder es ist eine Art Symbolik«, spekulierte Jules weiter.

»Sie meinen, es steckt eine Botschaft dahinter?«, schloss der Pfarrer aus Jules' Worten.

»Es besteht die Möglichkeit, ja.«

»Die zweite Botschaft wäre dann die Wahl des Ortes:

Weshalb wurden die Toten gerade hier verscharrt?«, warf Alicia eine weitere Frage auf. »Immerhin ist der Täter damit ein großes Risiko eingegangen, entdeckt zu werden. In einem abgelegenen Wald hätte er leichtes Spiel gehabt, und niemand hätte ihn sehen können. Aber nein, stattdessen wählte er den Kirchgarten und hob ein großes Loch aus. So etwas kostet viel Zeit.«

»Um die Grube zu graben, hätte er einen Bagger verwenden können«, mutmaßte Jules. »Damals gab es auch schon Bauarbeiten auf dem Gelände, das Baugerät muss also vorhanden gewesen sein.«

»Aber konnte er oder sie einen Bagger bedienen?«, zweifelte Alicia. »Ich könnte es nicht. Denken Sie nur an all die Hebel und Schalter. Ohne Einweisung wird das nicht klappen, oder?«

Jules verfolgte den Gedanken zunächst nicht weiter, sondern kam wieder auf die Motivation des Mörders zu sprechen: »Wie auch immer er oder sie es bewerkstelligt hat: Wir sind uns einig, dass er sich mit der Wahl des Ablageortes einem hohen Risiko ausgesetzt hat.«

Einhelliges Nicken.

»Warum«, fuhr Jules fort, »hat er dieses Wagnis auf sich genommen? Die Opfer quasi im Schatten des Glockenturms abzulegen, muss für ihn von wesentlicher Bedeutung gewesen sein. Daher müssen wir uns fragen, was den Täter oder die Täterin mit dieser Kirche verbindet. Ein eifriges Gemeindemitglied, das mit dem heimlichen Begräbnis auf geweihtem Boden eine Art Buße tun wollte?«

Moser zuckte die Schultern. »Ich fürchte, ich kann leider nichts dazu beitragen, um diese Rätsel zu lösen. Für mich ergibt das alles wenig Sinn.«

»Ihnen kommt also niemand spontan in den Sinn, dem Sie ein solches Vorgehen zutrauen würden?«, fragte Jules.

»Vergessen Sie bitte nicht, dass das tragische Ereignis in die Amtszeit meines Vorgängers fällt«, erinnerte Moser.

»Ja natürlich, Sie haben vollkommen recht«, lenkte Jules ein und nahm sich vor, ein weiteres Mal mit Mosers Vorgänger zu sprechen. Beim ersten Mal hatten Joanna und er mit ihren Fragen ja nur an der Oberfläche gekratzt.

Sie schlossen die Inspektion des Grabes ab und kamen auf dem Rückweg an einem Minibagger mit Kettenantrieb vorbei. Von den Ausmaßen her sah das Arbeitsgerät eher aus wie ein Spielzeug für Erwachsene, doch die Schaufel schien Jules groß genug zu sein, um damit innerhalb kurzer Zeit eine entsprechend große Grube auszuheben. Spontan sprach er den Baggerführer an und fragte, ob er ihm die Funktionsweise erklären könnte.

Der Arbeiter nickte, zeigte auf die Konsole in der Kanzel und nahm dabei Worte wie Fahrhebel, Auslegerschwenkpedal und Planierschildhebel in den Mund und wies auf die Bedeutung der Bedienhebelverriegelung hin. Das reichte Jules schon, um zu begreifen, dass ein Einsatz ohne Einweisung so gut wie unmöglich war. Der Täter musste also entweder vom Fach sein, sich vor der Tat mit der Bedienungsanleitung eines solches Gefährts auseinandergesetzt oder aber doch zur Schaufel gegriffen haben.

Für die Rückfahrt übernahm Alicia das Steuer, sodass Jules seine Mails checken konnte. Eines kam von Charles, und das, was sein Vater schrieb, brachte Jules sofort wieder in Wallung:

Mon cher fils,
euer großer Tag naht. Bald werden wir uns sehen. Da ich deine Onkel, Tanten und Cousinen nicht im Ungewissen lassen möchte, was sie bei dieser Reise erwartet und auf was sie während ihres Aufenthalts verzichten müssen, habe ich eine Packliste mit dem Nötigsten verfasst. Bitte überprüfe sie auf Vollständigkeit, da du mit den Entbehrungen des Elsass inzwischen besser vertraut bist.
- Reiseproviant: Bouillabaisse, Petits Farcis, Cassoulet, Roquefort-Käse, Violets de Toulouse
- Mehrere Flaschen Côtes de Provence (Rosé ist im Elsass nicht verbreitet)
- Warme Kleidung (Strickjacke, wetterfeste Schuhe)
- Wörterbuch (viele Elsässer sind des Französischen nicht mächtig) …

Weiter las Jules nicht, sondern stieß einen unverständlichen Fluch aus.
»Etwas nicht in Ordnung?«, erkundigte sich Alicia.
Doch Jules winkte nur ab und begann damit, eine Antwort ins Handy zu tippen. Darin machte er seinem Unmut Luft und warf seinem Vater vor, voller Vorurteile zu stecken und allem Fremden abweisend gegen-

überzustehen. Im Übrigen bekomme man Roquefort-Käse in jedem Supermarkt, natürlich auch im Elsass, und die südfranzösische *Cassoulet* sei auch nur ein Eintopf, bloß mit anderer Gewürzmischung. Im Elsass sei es um diese Jahreszeit nicht kühler als an vielen anderen Orten im Land, und dass man im Elsass kein Französisch spreche, sei eine längst überholte und böse Unterstellung.

Jules kochte vor Wut, doch bevor er seine gepfefferte Antwort abschickte, atmete er mehrmals tief durch und löschte die Zeilen wieder. Am besten wäre es wohl, Charles' E-Mail einfach zu ignorieren.

12

Etwas abgehetzt wirkend und zehn Minuten später als verabredet, traf Jules in dem kleinen Brautmodeladen nahe des *Musée Unterlinden* ein, wo Joanna und er sich in der Mittagspause treffen wollten. Joanna, die nicht so lange warten wollte, hatte bereits mit der Anprobe begonnen. Gerade stand sie in einem körperbetonten weißen Kleid vor dem Spiegel und drehte sich um die eigene Achse. Sie gefiel sich in dem schmal geschnittenen Modell, und dass es den Babybauch nicht kaschierte, sondern betonte, fand sie erst recht ansprechend. Verheimlichen konnte und wollte sie die voreheliche Zeugung ohnehin nicht, und das, obwohl sie sehr wohl wusste, dass es die eine oder andere kritische Bemerkung geben würde, denn nach den überkommenen Vorstellungen manches Zeitgenossen sollte die Braut nicht schwanger sein, bevor sie das Jawort gab.

»Toll siehst du aus!«, rief Jules spontan aus und küsste sie auf die Wange. »Elegant und stolz.«

»Danke«, strahlte Joanna. »Du musst dir die hohen Schuhe dazu vorstellen, die wir noch besorgen müssen im passenden Farbton, das hochgesteckte Haar und den Schmuck.«

»Aber bitte keine Perlen«, mahnte Jules.

Joanne musste schmunzeln. Es gab Bräuche in Frankreich, die ließen sich einfach nicht ausrotten. Dazu gehörte die Vorstellung, dass die Braut auf Perlenschmuck verzichten musste, weil diese angeblich für Tränen standen. Außerdem war es üblich, dass das Brautpaar ein Geldstück im Schuh trug, um niemals in finanzielle Nöte zu geraten. Und am Ende der Feier bekam jeder Gast fünf Mandeln geschenkt, die ihm Wohlstand, Glück, Gesundheit und ein langes Leben bescheren sollten.

»Magst du vielleicht trotzdem noch eine Variante probieren, die weiter geschnitten ist?«, fragte Jules, woraufhin sich Joannas Augen verengten.

»Wieso? Ich dachte, dieser Schnitt gefällt dir auch.« Unwillkürlich musste sie sich fragen, ob Jules nicht zu der vorehelichen Schwangerschaft stand. Aber nein! Wahrscheinlicher schien es ihr, dass er den Babybauch mit Rücksicht auf seine konservative Verwandtschaft kaschieren wollte.

So oder so: Jules würde in Erklärungsnöte geraten. Doch er hatte Glück: Sein Handy klingelte, und er zögerte nicht lange, das Gespräch anzunehmen.

»Alicia«, nannte er den Namen seiner Kollegin. Joanna stellte sich dicht neben ihn, um nichts zu verpassen.

»Entschuldigung, wenn ich in der Pause störe«, hörte man Alicias Stimme durch das Smartphone. »Es geht um das Mobiltelefon, das neben den Skeletten gefunden wurde.«

»Hat das Labor etwas herausfinden können?«, fragte Jules.

Auch Joanna war daran sehr interessiert, denn diese Spur erschien ihr vielversprechend zu sein.

»Leider nicht«, lautete Alicias enttäuschende Antwort. »Die Technikerin, mit der ich gesprochen habe, meinte, dass sie zwar alles versucht hat, aber keine Wunder bewirken kann. Das Ding ist Schrott.«

»Also gibt es nichts Neues. Und deshalb rufen die dich an?«, zischte Joanna Jules ins Ohr. Jules signalisierte ihr, still zu sein.

»Trotzdem sind wir einen Schritt weiter«, redete Alicia weiter. »Die Ermittelnden hatten sich vor neun Jahren nämlich die Telefonverbindungen der Vermissten von *France Télécom* geben lassen. Das steht in den Akten, allerdings weit hinten, ich habe es eben erst bemerkt.«

»Interessant«, meinte Jules. »Kam dabei etwas heraus?«

»Ja! Melissas letzter Anruf galt ihrem Mann. Das Gespräch war aber nur sehr kurz.«

»Hm«, machte Jules und rieb sich das Kinn. »Wie sieht es mit der Handyortung aus? Hat man das damals denn nicht versucht?«

»In den Unterlagen steht, dass es nicht funktioniert hat. So kaputt, wie das gefundene Mobiltelefon ist, wundert mich das nicht. Da hat es sicher auch die SIM-Card erwischt«, suchte Alicia nach einer Erklärung. »Trotzdem konnten die Kollegen damals etwas herausfinden: Zu dem Zeitpunkt, als Melissa bei Raphaël anrief, befand sie sich in einer Funkzelle im Umkreis der Kirche. Das ließ sich nach dem, was hier steht, nicht auf den Kilometer genau einkreisen, aber möglich wäre es, dass Melissa zuletzt auf dem Weg von oder nach Saint-Jacques-le-Majeur unterwegs gewesen ist.«

»Sehr interessant«, wiederholte sich Jules.

Damit hatte er recht. Auch Joanna sah darin einen vielversprechenden Fortschritt. Wenn Melissa kurz vor ihrem Verschwinden die Kirche aufgesucht hatte, wo ihr Leichnam Jahre später gefunden wurde, musste der Mörder oder die Mörderin höchstwahrscheinlich dort auf sie gewartet haben.

Es war an der Zeit, Altpfarrer Gauchet noch einmal auf den Zahn zu fühlen. Auch wenn er selbst nichts mit der Sache zu tun haben sollte, musste er sich an irgendetwas erinnern, was zur Aufklärung des Doppelmordes beitragen könnte.

»Ich denke, wir verschieben die Anprobe auf ein anderes Mal«, schlug Joanna vor. »Du hast jetzt Wichtigeres zu tun.«

»Es gibt nichts Wichtigeres als unsere Hochzeit«, entgegnete Jules, und es klang gar nicht mal geheuchelt. »Ich bleibe, bis das richtige Kleid gefunden ist. Eines, in dem du dich wohlfühlst und von dem du zu 100 Prozent überzeugt bist. Die Entscheidung liegt bei dir, denn ich würde dich auch zur Frau nehmen, wenn du in einem Sack gehst.«

»Dann machen wir es kurz«, zwinkerte Joanna ihm zu und drehte sich noch einmal im Kreis. »Ich nehme dieses hier!«

13

»Nein«, sagte *Pasteur* Gauchet im Brustton der Überzeugung, als Jules und Alicia ihn am Nachmittag wieder im Garten seines Hauses antrafen. »Ich hätte es gewiss nicht vergessen, wenn Mademoiselle Langlois mich noch einmal aufgesucht hätte, bevor sie verschwand. Das letzte Mal, dass ich sie sah, war auf der Hochzeitsfeier, zu der man mich als Gast eingeladen hatte.«

Jules studierte das faltenüberzogene Gesicht des Geistlichen im Ruhestand. »Nehmen wir einmal an, es stimmt, was seinerzeit kolportiert wurde: nämlich, dass Melissa und ihr Raphaël Reißaus nehmen wollten, um der Missgunst ihrer Eltern zu entfliehen. Nehmen wir weiter an, dass das junge Paar nicht ganz ohne Abschied untertauchen mochte, sondern Zuspruch von einer Vertrauensperson suchte.«

»Diese Vertrauensperson soll wohl ich gewesen sein«, folgerte Gauchet und stützte sich auf den Stil seiner Harke.

»Ist das denn so abwegig?«, fragte Jules. »Ich stelle mir das so vor: Das Paar suchte Sie auf und schilderte Ihnen die Beweggründe. Sie gaben Ihren Segen zu den Plänen der frisch Vermählten und versprachen, darüber zu schweigen. Nennen wir es eine Art Gelübde, an das Sie sich bis heute gebunden fühlen.«

Gauchet schüttelte kaum merklich den Kopf. »Erstens, junger Mann, ist das Humbug. Weder Mademoiselle Langlois noch Monsieur Hauenstein haben mich aufgesucht, wie Sie das genannt haben. Zweitens wissen wir inzwischen, dass die beiden sich nicht in die Bretagne, die Normandie oder ins Ausland abgesetzt haben, sondern bereits kurz nach der Trauung verstorben sind. Getötet von Menschenhand. Ihre Theorie ergibt daher keinen Sinn. Es sei denn, Sie verdächtigen mich, das Vertrauensverhältnis zu dem Paar ausgenutzt und sie heimtückisch ermordet zu haben. Doch dann frage ich Sie: warum? Worin liegt mein Motiv?«

Jules wurde aus dem betagten Mann nicht schlau. Nach all dem, was sie bis jetzt in Erfahrung gebracht hatten, fokussierte sich alles auf die Kirche: Dort hatten die Leichen gelegen, dort benutzte Melissa zuletzt ihr Handy. Deshalb kam es ihm fragwürdig vor, dass der Pfarrer von all dem nichts bemerkt haben wollte. Fester Schlaf hin oder her: Für Jules sah es eher danach aus, als hätte Gauchet bewusst weggeschaut und -gehört, oder aber er hatte eben doch selbst die Finger im Spiel gehabt.

Alicia suchte nach einem neuen Ansatz, indem sie fragte: »Hatten Sie Personal, das auf dem Kirchengelände wohnte?«

»Nein, im Pfarrhaus wohnte nur ich«, antwortete Gauchet. »Luise, die mir im Haushalt half, fuhr jeden Abend zu ihrem Mann nach Hunawihr. Gustave, der Kirchendiener, kam nur stundenweise aus der Stadt hierher, meistens benutzte er das Rad, aber das tut wohl nichts zur Sache. Und sonst ...« Er hob nachdenklich den Blick.

»Gab es weitere Personen, die sich regelmäßig bei Ihnen aufhielten?«, griff Jules Alicias Gedanken auf.

»Hans, der Organist, kam immer montags und donnerstags nach seiner Arbeit und spielte für ein oder zwei Stunden oder verrichtete kleinere Reparaturen an den Pfeifen, unsere Orgel ist nämlich sehr alt. Mittwochs trafen sich die Mitglieder des Kirchenchors zur Probe.«

»Stand jemand von den Genannten in einer Beziehung zu den Verstorbenen?«, fragte Alicia.

»Das haben mich – glaube ich – Ihre Vorgänger damals auch gefragt. Aber ich muss das verneinen. Da gab es niemanden, der mit Mademoiselle oder Monsieur zu tun gehabt hatte.« Gauchet runzelte die Stirn. »Bis auf ...« Er unterbrach sich selbst. »Na ja, es ist nicht wichtig, denn Sie haben ihn gewiss schon überprüft.«

Jules horchte auf. »Von wem sprechen Sie?«

»Mathis Baur«, antwortete Gauchet. »Er hatte sich eine Zeit lang dem Chor angeschlossen. Er brachte eine gute Stimmlage mit, eine Bereicherung für unsere kleine Truppe. Aber der Altersunterschied zu den anderen ist einfach zu groß gewesen. Es hat mich nicht gewundert, dass er irgendwann nicht mehr zu den Proben erschien.«

»Monsieur Baur hatte also regelmäßig Zutritt zur Kirche«, fasste Jules zusammen und folgerte: »Damit kannte er die Örtlichkeiten genau und wusste sich zurechtzufinden.«

»Ja, das stimmt wohl«, bestätigte der Altpfarrer. »Aber was heißt das schon?«

Eine ganze Menge, dachte Jules und witterte Morgenluft.

Gleich im Anschluss kamen die Eltern von Raphaël Hauenstein an die Reihe, denen die Todesnachricht von zwei Kollegen überbracht worden war, die zunächst aber nicht zu einer Aussage bereit oder fähig gewesen waren.

Auch jetzt wirkte das Paar ergriffen, bewegt und in tiefer Trauer. Jules, der im miefigen Hausflur eines Mehrfamilienhauses im Stil der 1960er-Jahre auf die Hauensteins traf, gewann den Eindruck, als hätten die Eltern bis zuletzt gehofft, ihr Sohn wäre noch am Leben. Die Todesbotschaft musste wie ein Schock auf sie gewirkt haben.

Entsprechend mühselig geriet die Befragung, die immer wieder von Weinkräften der grauhaarigen Mutter und herzergreifendem Schluchzen des gebrechlich wirkenden Vaters unterbrochen wurde.

Alicia erklärte in möglichst ruhigem Tonfall, dass man versuche, die Stunden vor dem Verschwinden des Paares zu rekonstruieren. Ihre Fragen lauteten: Was hatten die beiden zuletzt vor? Wollten sie sich mit jemandem treffen? Wann fiel Ihnen auf, dass Ihr Sohn verschwunden war? Erinnern Sie sich an irgendein Detail, das Sie stutzen ließ? Hatte einer der beiden Andeutungen gemacht, dass es Probleme gab? Steckten sie in Schwierigkeiten? Doch Antworten, die Jules und Alicia weiterhalfen, blieben die Eltern ihnen schuldig. Wie es aussah, waren Melissa und Raphaël wie aus heiterem Himmel verschwunden. Ohne jede Vorwarnung. Ohne eine Nachricht in irgendeiner Form zu hinterlassen.

»Unser Raphaël hat seine Melissa von ganzem Herzen geliebt«, sagte Madame Hauenstein unter Tränen.

»Die beiden waren so ein nettes Paar. Alle haben sie gemocht und sich mit ihnen über ihr gemeinsames Glück gefreut.«

»Nicht alle«, korrigierte ihr Mann sie. »Die Schwiegereltern …«

Seine Frau hob die Hand und unterbrach ihn. »Auch die Langlois haben ein Kind verloren. Versündige dich nicht, indem du ihnen Vorhaltungen machst.«

»Wie steht es mit Mathis Baur?«, fragte Jules. »Wie es heißt, galt er als Rivale Ihres Sohnes. Er war zuerst mit Melissa liiert, Ihr Sohn hat sie ihm angeblich ausgespannt.«

Die Fäuste des Mannes ballten sich. Ein Zittern durchfuhr den schmalen Körper der Frau. »Auch über ihn steht es uns nicht zu, ein Urteil zu fällen«, gab sie gepresst von sich. Der Vater ergänzte: »Raphaël hat uns einmal gesagt, dass er sich mit Mathis ausgesprochen hat. Es stand nichts mehr zwischen ihnen, es war alles geklärt.« Doch sein Gesichtsausdruck besagte das genaue Gegenteil.

LE SIXIÈME JOUR
DER SECHSTE TAG

14

Der nächste Tag begann für Joanna mit einer kalten Dusche. Wortwörtlich und im übertragenen Sinn. Jules war schon gegangen, während sie den Kopf in den kühlen Wasserstrahl hielt und sich mit den Händen an der Duschkabine abstützte.

Joanna hatte schlecht geschlafen. Kaum ein Auge zugekriegt. Was daran lag, dass sie mittlerweile nicht mehr wusste, wie sie liegen sollte. Auf dem Rücken, auf der Seite – stets behinderte sie der Bauch. Dazu kam die steigende Nervosität wegen des näher rückenden Hochzeitstermins. Dass Jules' Familie ein solches Aufhebens machte, ging ihr näher, als sie sich eingestehen wollte. Deshalb das kalte Wasser. Es sollte sie nicht nur munter machen, sondern auch die Sorgen vertreiben.

Es gelang ihr so lala. Die Verärgerung über den Schwiegervater in spe kam immer wieder hoch. Dabei konnte sie seine Vorbehalte gar nicht richtig nachvollziehen. Bei seinem letzten Besuch hatte er darauf bestanden, sie zum Essen einzuladen. Da sie ja wussten, wie sparsam, um nicht zu sagen geizig, Charles war, wählten sie ein bescheidenes kleines Restaurant am Rande der Altstadt aus, wo ihnen für gerade mal zwölf Euro eine absolut ausreichend portionierte Sauerkrautplatte mit vier Wurstsorten von grob bis fein serviert wurde, und noch dazu hübsch garniert. Das Kraut besaß durch

Wacholder und Lorbeer eine solide Würze, und zum Glück für den auswärtigen Gast verzichtete der Koch auf verstörende Zugaben wie entbeinten Schweinefuß. Resultat: Charles war höchst zufrieden, und das nicht nur, weil er so preiswert davonkam. Die elsässische Küche verstand es eben, kulinarische Finesse mit Opulenz zu verbinden. Was ließ sich dagegen bloß einwenden? Allerdings hatte sie sich zu früh gefreut, denn wie sich später herausstellte, bekam Charles das Kraut nicht besonders gut. Die Nacht verbrachte er zwischen Hotelbett und Toilette. Seitdem hasste er *choucroute* und dehnte seine Aversion auf die ganze Elsässer Kochkunst aus. Ungerecht, fand Joanna.

Als sie später am Frühstückstisch saß, fühlte sie sich zwar erfrischt, die Laune aber ließ nach wie vor zu wünschen übrig. Sie brach sich ein Stück Baguette ab, strich eine Messerspitze Marmelade darauf und schlürfte Milchkaffee aus dem *bol*. Dabei dachte sie an Charles, ihren künftigen Schwiegervater, und über seine Beweggründe, es ihr so schwer zu machen. Die ganzen Argumente mit den kulturellen Unterschieden zwischen den Südfranzosen und den Elsässern waren doch an den Haaren herbeigezogen. Auch anderswo unterschieden sich die Bräuche, Sitten und Dialekte, etwa im benachbarten Deutschland, wo die Menschen von der Nordsee sicher auch anders tickten als die Bayern. Aber machten sie darum ein solches Trara?

Womöglich ja, räumte sie im Stillen ein. Joanna konnte nicht leugnen, dass die Hürden hoch sein konnten, wenn Bewohner verschiedener Regionen zueinanderfinden wollten. Selbst in heutigen, durch Smartphone und soziale Medien geprägten Zeiten, blieben die charakteristischen Besonderheiten der einzelnen Regionen von Bestand – und die Pariser hielten sich ohnehin für etwas Besseres. Insofern könnte sich Joanna glücklich schätzen, dass der angeheiratete Teil der Familie nicht aus der Hauptstadt kam, sondern »nur« von der Atlantikküste.

Dieser versöhnliche Gedanke zauberte ihr ein schmales Lächeln auf die Lippen, und sie fasste den Vorsatz, alles etwas lockerer zu nehmen und die Hochzeit ohne Bauchgrimmen auf sich zukommen zu lassen. Das täte sicherlich auch dem kleinen Wesen gut, das in ihr heranreifte. Denn Stress wirkte sich unmittelbar auf das Ungeborene aus, wie sie im Geburtsvorbereitungskurs gelernt hatte.

Beim zweiten Baguettestück verlagerten sich ihre Überlegungen in Richtung von Jules' Fall, den sie ungemein spannend fand. Sie musste zugeben, dass es sie ein wenig schmerzte, diesmal nicht aktiv in die Ermittlungen eingebunden zu sein. Das könnte früher oder später auch für Jules zum Problem werden, etwa wenn er grünes Licht für eine Festnahme oder Hausdurchsuchung bräuchte. Über einen dafür nötigen richterlichen Beschluss verfügte das Büro eines *procureur* oder der mit einer Straftat befasste *juge d'instruction*. Joanna besaß diese Befugnisse, sodass sie solche Begehren bislang auf dem kleinen Dienstweg erledigen konnten. Nun aber würde sich Jules an andere Stellen wenden müssen und damit unter Umständen wertvolle Zeit verlieren.

Noch aber war es ja nicht so weit. Es gab weder einen akut Tatverdächtigen noch ein Motiv. Der Fall blieb nebulös, was ihn aus Joannas Sicht umso reizvoller machte. Ob es sich wirklich um eine Eifersuchtstat handelte, wie es Jules gestern beim Abendessen angedeutet hatte? Ex-Freund Mathis, der das Kirchenareal gut kannte, könnte seine abtrünnige Geliebte unter einem Vorwand nach Saint-Jacques-le-Majeur gelockt und dazu gezwungen haben, auch ihren neuen Liebhaber herzubestellen. Dazu würde das kurze Telefongespräch passen, das Melissa aus dem Umfeld der Kirche mit Raphaël geführt hatte. Anschließend tötete er beide und verscharrte sie im Kirchgarten.

Diese Theorie hinkte allerdings, weil Mathis einen deutlich einfacheren und für ihn selbst ungefährlicheren Weg hätte wählen können: zum Beispiel, indem er beide in einen Wald gelockt hätte, wo er nicht befürchten musste, vom Pfarrer, dem Organisten oder der Zugehfrau erwischt zu werden.

Außerdem würde es schwer werden, Mathis zu überführen. Spuren von ihm, etwa Fingerabdrücke, Haare oder Textilfasern, die sich ihm zuordnen ließen, wären nach so vielen Jahren nicht mehr nachzuweisen. Sollte er einem Kreuzverhör standhalten und nicht gestehen, hätte man wenig bis nichts gegen ihn in der Hand. Ein Prozess würde mit Freispruch aus Mangel an Beweisen enden.

Trotzdem musste man sich mit ihm befassen, so viel stand fest. Denn bei Mathis handelte es sich um die einzige Person, die wenigstens den Ansatz eines Motives, nämlich Eifersucht, mitbrachte.

Nun, bei näherer Betrachtung kamen ihr noch zwei weitere Kandidaten in den Sinn: Melissas Eltern, die sich so vehement gegen die Eheschließung mit dem angeblich unwürdigen Raphaël ausgesprochen hatten. Noch immer, so lange danach, schienen sie nicht ihren Frieden mit der Entscheidung ihrer Tochter für den falschen Mann gemacht zu haben. Ein Mordmotiv? Möglicherweise – doch konnten Eltern ernsthaft dazu imstande sein, ihr eigen Fleisch und Blut auszulöschen?

Behütend faltete Joanna die Hände über ihrem Bauch.

15

Alicia schaute Jules schräg an, als wüsste sie nicht, ob er es wirklich ernst meinte, was er ihr soeben vorgeschlagen hatte. »Jetzt, am Vormittag, sollen wir in eine Bar gehen? Weiß Capitaine Debré davon?«

Jules, der gemeinsam mit der Kollegin am Schreibtisch in der Gendarmerie saß, tat den Einwurf mit einer lässigen Geste ab. »Debré präsentieren wir am Ende die Ergebnisse. Wie wir an diese kommen, muss ihn nicht interessieren. Außerdem ist die *Brasserie Georges* keine Bar, sondern – wie der Name schon sagt – eine ganz normale Gaststätte, und die hat auch schon morgens geöffnet.«

»Aber der Herr, der gerade anrief, sagte etwas von einer Runde Pastis – und es hörte sich so an, als hätte er sich schon einige davon genehmigt.«

Alicias Vorbehalten zum Trotz fanden sie sich wenig später in der *Brasserie* ein, wo Lino Pignieres an der Theke auf sie wartete.

»*Attention*!«, rief er, kaum dass er sie erblickt hatte. »Pack den Selbstgebrannten weg, Georges, die *flics* sind da!«

Der Wirt quittierte den Witz des ehemaligen Gendarms mit einem müden Lächeln und polierte weiter die Hähne und Rohre der Zapfanlage.

Obwohl Linos Scherz gar nicht so weit hergeholt war, dachte Jules. Schnaps, Obstler und Marc: Die sogenannten Lebenswasser, *Eaux de vie*, galten im Elsass als weit verbreitet und wurden bevorzugt in großen Weinbrandschwenkern serviert. Nicht selten wurden sie am Fiskus vorbei gebrannt. Zumindest soll das in früheren Zeiten der Fall gewesen sein, als es auch üblich war, schon zum Frühstück das Brot in ein Glas Schnaps zu tauchen. 1953 wurde den Elsässern die Leidenschaft des Schwarzbrennens allerdings vergällt, als per Gesetz das Selbstbrennen unter Strafe gestellt wurde, es sei denn, man drückte eine hohe Steuer ab. Viele wollten sich mit diesem Gesetz nicht abfinden und führten einen unermüdlichen Kampf für die Aufhebung der Vorschrift. Bis heute vergebens.

»Was hast du für uns?«, fragte Jules seinen alten Bekannten. »Am Telefon sagtest du, du hättest Informationen.«

»Habe ich«, bestätigte Lino und wies auf zwei freie Barhocker neben sich. »Setzt euch.« Mit abschätzendem Blick auf Jules' Begleiterin sagte er: »*Bonjour*, schöne Frau. Wir hatten noch nicht das Vergnügen.«

»Aspirantin Alicia Saidi«, stellte Jules sie vor. »Und bitte spar dir deine Anzüglichkeiten.«

»Darf man jetzt nicht mal mehr Komplimente machen?«, empörte sich Lino. »Was sind das bloß für Zeiten …«

Lino behielt das, weswegen er Jules und Alicia hatte kommen lassen, noch eine Weile für sich. Es war typisch für ihn, dass er die Gesellschaft der anderen so lange wie möglich genießen wollte. Jules brachte sogar Verständnis dafür auf, war Lino doch alleinstehend und in seinem bescheidenen Heim ohne jede Ansprache. Doch dieses Verständnis hatte seine Grenzen.

»Stimmt es, dass dein Vater nicht zu deiner Hochzeit kommen will?«, fragte Lino zu Jules' Erstaunen, denn das hatte ja nun wirklich gar nichts mit dem Fall zu tun. »Zumindest stellt er Bedingungen, was die Speisenwahl anbelangt, heißt es.«

»Das hast du von Clotilde«, wusste Jules sofort und ärgerte sich, dass Alicia in diese Privatangelegenheit hineingezogen wurde. Doch diese schaute recht interessiert in Linos Richtung.

»Ist doch egal, oder?«, antwortete dieser auf seine ruppige Art. »Charles hält sich wohl immer noch für etwas Besseres, für den *typischen* Franzosen. Dabei gibt es den gar nicht. Du solltest zum Beispiel unbedingt vermeiden, einen Bretonen so zu nennen. Die Bretonen sind stolz auf ihre keltischen Wurzeln, und noch stolzer ist man auf Korsika. Auch bei uns besinnt man sich inzwischen wieder mehr darauf, Elsässisch zu sprechen. Die meisten dürften aber Schwierigkeiten haben, diesen alemannischen Dialekt zu verstehen.«

»Weißt du was, Lino«, sagte Jules und legte seinen Arm um dessen Schulter. »Bei der Hochzeit platzieren wir dich neben Charles, dann könnt ihr das alles untereinander ausdiskutieren. Alicia und ich sind allerdings nicht gekommen, um uns über separatistische Bestrebungen auszutauschen, sondern um einen Mörder dingfest zu machen, der seit fast zehn Jahren unerkannt geblieben ist. Hast du neue Hinweise für uns? Ja oder nein?«

Lino ließ sich nicht unter Druck setzen, sondern nahm in aller Seelenruhe die handgeschriebene Karte mit dem Tagesmenü vom Tresen auf. »*Tarte à l'Òignon et Salade verte*«, las er vor. »*Tarte Streusel aux Pommes*. Oder sollte ich doch lieber *Tarte au Fromage blanc* nehmen? Süß oder deftig? Was meinst du, Jules: Ist das in eurem Budget drin? Es redet sich so schwer mit leerem Magen. Wenn du mich einlädst, erzähle ich dir alles, was ich weiß.«

Jules ließ sich erweichen, weil er aus leidvoller Erfahrung wusste, dass Lino am Ende ohnehin seinen Dickkopf durchsetzen würde. Daraufhin entschied sich der alte Landgendarm noch einmal um und wählte das mit zehn Euro teuerste Gericht auf der Karte: *Quiche Lorraine*.

»Jetzt packst du aber endlich aus!«, forderte Jules, nachdem er ungeduldig gewartet hatte, bis Lino den herzhaften Mürbeteig mit würzigem Belag vorgesetzt bekam.

»Also gut«, stimmte Lino zu, löste mit der Gabel eine Ecke aus der kreisrunden Köstlichkeit heraus, spießte sie auf und hielt sie Jules hin. »Probieren?«, fragte er, worauf Jules verärgert den Kopf schüttelte. Die Gabel zeigte jetzt in Richtung von Alicia. »Und Sie?« Alicia lehnte ebenfalls ab, obwohl sie so aussah, als könnte sie kaum widerstehen.

Auch Jules fiel es schwer, denn die *Quiche* duftete verführerisch. Bei diesem Leckerbissen handelte es sich ja wiederum um eine hiesige Spezialität. Ihr Name leitete sich vom fränkisch-lothringischen Wort *Kichel* oder auch *Kuechel* ab. Joanna hatte ihm einmal erzählt, dass die Vorläufer der Minikuchen im 16. Jahrhundert mit Brotteig und einer dünnen Eiercrememasse gebacken wurden und erst im Laufe der Jahrzehnte ihre heutige Finesse erreichten.

Aber Jules saß nicht in der *Brasserie*, um über gutes Essen zu philosophieren, sondern weil er an einem Fall arbeitete. Daher forderte er den selbst ernannten Informanten noch einmal mit Nachdruck dazu auf, endlich auszupacken.

»Ist ja gut«, gab Lino beleidigt von sich. »Es dreht sich um den Ex-Freund der Toten, Mathis Baur. Ich bin damals nur am Rande mit der Sache befasst gewesen, aber ich habe die Unruhe der Kollegen in Erinnerung, weil die Vermissten als Promi-Paar galten. Die Familie Langlois kennt schließlich jeder in der Gegend. Kurzum: Abends, beim Bier, haben wir darüber geredet, und da kam auch einiges zur Sprache, was sich bestimmt nicht in den Akten findet.«

Jules beugte sich vor. »Jetzt wird es interessant. Was wurde denn zum Beispiel über Mathis Baur so geredet in Ermittlerkreisen? Du weißt schon: der abgelegte Freund der Braut.«

Lino setzte zur Antwort an, doch dann glitt sein begehrlicher Blick wieder auf die Quiche. »Wäre mehr als schade, wenn sie kalt wird«, sagte er und griff wieder zur Gabel.

Jules seufzte und ließ ihn gewähren. Während er zusah, wie der alte *flic* Happen für Happen verspeiste, überlegte er, was über Mathis bekannt gewesen, aber nicht in den Aufzeichnungen vermerkt worden sein könnte. Es musste etwas gewesen sein, das zwar Verdacht erregte, sich aber nicht unmittelbar mit der Vermisstensache in Verbindung bringen ließ. Aus heutiger Sicht könnte sich das ganz anders darstellen, denn nun hatten sie es nicht mehr mit zwei Abgängigen zu tun, sondern mit zwei Mordopfern.

Endlich beendete Lino seinen Schmaus, tupfte sich den Mund mit einer Serviette ab und sagte: »Eigentlich ist meine Information so viel wert, dass ich einen Zuschlag verlangen könnte.« Er fingerte schon nach der Speisekarte, doch Jules kam ihm zuvor und legte sie außer Reichweite ab.

»Keine weiteren Ausflüchte«, zeigte sich Jules unerbittlich. »Was hat Mathis getan?«

»Er hat sich mit seinem Nachfolger eine Keilerei geliefert«, packte Lino endlich aus.

»Mit Raphaël Hauenstein?«, vergewisserte sich Jules.

»Genau«, bestätigte Lino. »Mehrere Zeugen hatten das an die Gendarmerie herangetragen, doch der Vorfall ist nicht weiterverfolgt worden. Einmal, weil keine Anzeige vorlag. Der junge Hauenstein scheute wohl davor zurück, Mathis anzuzeigen, immerhin waren dessen Eltern Juristen. Vielleicht hielt Raphaël auch seine frisch Angetraute davon ab, weil sie kein Aufhebens machen wollte. Wie auch immer: Es gab mächtig Zoff zwischen den Rivalen – und jetzt, da die Leichname gefunden worden sind …« Lino schnalzte mit der Zunge. »Der Rest, nämlich eins und eins zusammenzuzählen, ist euer Job.«

Jules sah sich nach Alicia um, die anerkennend nickte. Auch er fand den Hinweis wertvoll. Die *Quiche* war es allemal wert gewesen. Mathis Baur rückte damit zum Verdächtigen Nummer eins auf.

Jules legte das Geld auf den Tresen und schwang sich vom Hocker. Alicia tat es ihm gleich. Sie mussten nicht darüber reden, was als Nächstes zu tun war. Ein zweiter Besuch im »Glashaus« stand an.

16

Jules rückte seine Uniformjacke zurecht, bevor er an der Tür von Mathis Baur klingelte. Zwei Schritte hinter ihm stand Alicia, ihre Hand schwebte über dem Pistolenholster.

Situationen wie diese zählten zum Heikelsten, was ihnen im Berufsalltag widerfahren konnte. Jules spürte ein mulmiges Gefühl in sich aufsteigen, denn man wusste nie, wie ein Mensch reagierte, wenn man ihn mit einem Verdacht konfrontierte. Selbst wenn sie Mathis wiederum nur als Zeugen befragen wollten, weil nichts Handfestes gegen ihn vorlag, könnte er die zuschnappende Falle erkennen und überreagieren. Die Gefahr war real.

Jules drückte ein zweites Mal den Klingelknopf, als ihnen geöffnet wurde. Mathis Baur trug sportlich-elegante Kleidung, an der Wand lehnte ein Golfbag.

»*Bonjour*«, grüßte er sie, wobei ihm das Misstrauen ins Gesicht geschrieben stand. Ebenso gut hätte er sagen können: »Sie schon wieder!«

»Sie sind auf dem Weg zum Golfplatz?« Jules nickte in Richtung der Tasche. »Wir möchten Sie nicht lange aufhalten und haben nur ein paar weitere Fragen an Sie.«

»Wenn es nicht zu lange dauert, meinetwegen.« Mathis Baur machte keinerlei Anstalten, sie hereinzubitten.

»Wir sind dabei, die Ereignisse im Vorfeld der Trauung und des anschließenden Verschwindens von Melissa Langlois und Raphaël Hauenstein zu durchleuchten«, holte Alicia aus. Noch immer hielt sie etwas Abstand.

»Damit waren Sie doch schon beim letzten Mal beschäftigt«, sagte Baur mit aufgesetzt gelangweiltem Ausdruck.

»Ganz genau. Dabei haben wir einen Hinweis erhalten, wonach es zwischen Hauenstein und Ihnen eine heftige Auseinandersetzung gegeben haben soll. Unmittelbar vor den Ereignissen.«

Ein nervöses Zucken schoss über Baurs rechte Wange. »Wann soll das gewesen sein?«

»Wie gesagt: im zeitlichen Umfeld von Trauung und dem Verschwinden des Paares«, präzisierte Alicia.

»Unsinn«, wies Baur den Vorwurf von sich. »Und was heißt überhaupt ›Auseinandersetzung‹? Kann schon sein, dass es mal laut wurde zwischen uns. Meinen Sie das? Sie wissen ja, dass wir uns nicht besonders gut verstanden haben.«

»Nein, wir sprechen hier über eine körperliche Konfrontation«, klärte ihn Alicia auf.

»Sie haben sich wohl nicht damit abfinden wollen, dass ein anderer Ihnen die Frau wegnehmen wollte, die Sie liebten«, legte Jules einen Zahn zu und überschritt damit formal die Grenze einer Befragung.

»Ich weiß gar nicht, wovon Sie reden«, gab Baur mit zunehmender Aggressivität von sich. »An eine Rangelei mit Raphaël kann ich mich nicht erinnern. Wer verbreitet bloß solchen Unsinn?«

»Wir wissen es aus verlässlicher Quelle«, antwortete Alicia.

»Was wir von Ihnen jetzt brauchen, sind möglichst lückenlose Angaben darüber, wo und mit wem Sie sich in den betreffenden Stunden vor und nach dem letzten Lebenszeichen des Paares aufgehalten haben«, erklärte Jules.

»Hatten wir das alles nicht schon, als Sie das letzte Mal hier waren?« Baur stieß ein trockenes Lachen aus. »Das ist ewig her. Wie, zum Teufel, soll ich mich daran erinnern? Keine Ahnung, wo ich gewesen bin und was ich gemacht habe.«

»Gibt es keinen Kalender, in dem Sie nachsehen können?«, fragte Alicia. »Wir brauchen diese Daten, um sie überprüfen zu können.«

»Heben Sie Ihre Kalender zehn Jahre lang auf? Ich jedenfalls nicht«, fuhr Baur sie an. »Es geht um mein Alibi, richtig? Glauben Sie etwa ernsthaft, dass ich die beiden umgebracht habe?« Erneut ein kehliges Lachen.

»Wir glauben gar nichts, sondern gehen nach dem Ausschlussprinzip vor«, redete Jules beruhigend auf ihn ein. »Legen Sie uns glaubhaft dar, wo Sie sich in besagtem Zeitraum aufgehalten haben, dann streichen wir Sie von unserer Liste.«

»Liste?«, rief Baur höchst gereizt. »Wer steht denn sonst noch drauf auf dieser Liste? Jede Wette, dass ich der Einzige bin? Kein Wunder, denn wer sollte etwas gegen diese Eheschließung gehabt haben außer mir?« Er rieb sich heftig das Kinn. »Melissas Eltern, ja, die standen auf meiner Seite. Sie haben Raphaël nicht gemocht. Aber würden sie deshalb auch ihr eigenes Kind töten? Nein, niemals. Bleibe also bloß ich übrig. So einfach ist das doch, richtig?«

Jules merkte, wie sich die Lage zuspitzte. Er suchte nach den geeigneten Worten, um zu deeskalieren, doch dafür war es bereits zu spät.

Blitzschnell drehte sich Baur um, bekam einen der Golfschläger zu fassen und hieb damit in Jules' Richtung. Er wich instinktiv zurück, als der massive Kopf des Schlägers ihn um Haaresbreite verfehlte.

»Stopp!«, hörte er Alicia von hinten rufen. »Legen Sie den Stock weg! Sofort!« Es klickte, als sie das Pistolenholster öffnete.

Baur aber reagierte nicht auf ihre Aufforderung. Er schubste Jules grob beiseite und hechtete aus der Wohnung. Obwohl Jules und Alicia ihm gleich nachsetzten, gelang es Baur, die Straße zu erreichen und über die Fahrertür in ein offenes Porsche Cabriolet zu springen. Offenbar sein eigenes, denn schon sprang der Motor an.

Alicia, genau wie Jules außer Atem, brachte die Pistole in Anschlag. Doch Jules drückte ihren Arm nach unten. »Worauf willst du zielen? Etwa auf den Kopf oder die Brust? Er ist unbewaffnet.«

»Aber der Golfschläger«, protestierte sie.

»Vergiss es!«, blaffte Jules. »Schnell zum Wagen. Wir nehmen die Verfolgung auf und rufen Verstärkung.«

Keine halbe Minute später jagten sie mit Blaulicht und Sirene durch die schmalen Straßen des Wohnviertels, der Sportwagen etwa 40 bis 50 Meter vor ihnen. Jules konzentrierte sich auf die Fahrbahn, während Alicia am Funkgerät hing.

»Der fährt Porsche, den holen wir nie ein«, meinte sie. »Und übrigens: Duzen wir uns jetzt?«

»PS sind nicht alles«, hielt Jules dem entgegen. »Auch auf den Fahrer kommt es an, ebenso auf die Strecke.« Er wusste ja, dass die Straßenverhältnisse für ihn sprachen, denn hier würde der Flüchtige die Fähigkeiten seines Autos nur begrenzt nutzen können. »Und ja, sehr gern ab jetzt per Du. Dieser Job schweißt zusammen, da stört die Siezerei sowieso nur.«

Es ließ sich nicht absehen, ob Baur ein bestimmtes Ziel ansteuerte. Ebenso wenig, ob Jules aus Baurs Verhalten ein Schuldeingeständnis ableiten konnte. Vielleicht hatte er einfach nur den Kopf verloren und sich nicht anders zu helfen gewusst, als wegzulaufen.

Mit halsbrecherischem Tempo passierte Baurs sportliches Gefährt das Ortsausgangsschild und hielt auf die nahen Weinberge zu. Wie sich herausstellte, waren Alicias Bedenken doch nicht ganz unberechtigt: Jules konnte nur hoffen, dass er den schnittigen, flachen Wagen auf der kurvenreichen Strecke nicht aus den Augen verlieren würde. Sollte es Baur gelingen, unbemerkt in einen der abzweigenden Versorgungswege der Winzer abzubiegen und sich dort zu verbergen, hätten Jules und Alicia schlechte Karten. Andererseits war die Verstärkung schon unterwegs und würde das Gebiet weiträumig abriegeln. Dann säße Baur fest, es war nur eine Frage der Zeit, bis sie ihn schnappen würden.

Noch sah Jules die immer wieder kurz aufblitzenden Bremslichter des Cabrios vor sich. Sie schafften es sogar, die Distanz zu verringern und bis auf etwa 50 Meter aufzuschließen. Doch dann, plötzlich und auf nahezu gerader Strecke, schien Baur die Kontrolle zu verlieren. Sein Wagen schlingerte, wechselte mehrmals die Spur.

Ein entgegenkommendes Fahrzeug konnte gerade noch ausweichen. Der Porsche schoss wie führerlos über den Asphalt, die Vorderräder gerieten aufs Bankett, Schotter spritzte auf. Wieder flammten die Bremslichter auf. Aber zu spät: Das Auto ließ sich nicht mehr in der Spur halten. Jules musste mit ansehen, wie das Cabriolet über den Seitenstreifen schoss, Gras und Erde aufwirbelte und frontal gegen ein Hindernis prallte.

Es tat einen gewaltigen Schlag, als der Wagen abrupt und mit dampfendem Motor zum Stillstand kam.

Jules und Alicia erreichten die Unglücksstelle wenige Sekunden später, sprangen aus dem Wagen und liefen zum Unfallort.

»Verdammt!«, rief Jules im Rennen. »Hoffentlich ist ihm nichts passiert.«

»Der Aufprall war hart«, antwortete Alicia sorgenvoll.

»Dieser Wagen fängt einiges ab«, hoffte Jules und rannte weiter.

Sie beugten sich in den offenen Fahrerraum und fanden Baur verletzt, aber lebend vor. Er war nicht angeschnallt, trotzdem konnten die Airbags offensichtlich Schlimmeres verhindern. Jules machte sich sofort daran, den bewusstlosen Mann aus seiner Zwangslage zu befreien, während Alicia bereits einen Notruf absetzte.

Erschöpft lehnte sich Alicia an das Autowrack und sah zu, wie der Patient in einen Rettungswagen verladen wurde. »Was passiert jetzt mit ihm?«, fragte sie Jules, der neben ihr stand.

»Wir werden sein Krankenzimmer überwachen lassen. Ich gehe stark davon aus, dass Untersuchungshaft für ihn angeordnet wird«, antwortete er.

»Ein klarer Fall, oder?«

»Es macht den Anschein, ja.«

»Aber überzeugt bist du nicht von seiner Schuld?«

»Noch haben wir reichlich wenig in der Hand, oder? Wenn sich Mathis Baur einen brauchbaren Anwalt nimmt – wahrscheinlich seine Eltern – und seine Flucht als psychischen Aussetzer darstellt, womöglich ausgelöst durch unsere Drohungen, ist er ganz schnell wieder auf freiem Fuß. Denn schließlich kennen wir immer noch nicht den eigentlichen Tatort, um dort nach möglicherweise noch vorhandenen Spuren zu suchen, auch haben wir keine Tatwaffe. Was bleibt, sind Spekulationen.«

»Zumindest für die Tatwaffe hätte ich eine Idee«, sagte Alicia mit zuversichtlichem Lächeln.

»Ach ja?«

Sie löste sich vom Auto, umrundete das Wrack und legte ihre Hand auf das Hindernis, das Baurs Flucht so plötzlich beendet hatte: ein großes, hölzernes Kruzifix, wie es so viele gab in dieser Gegend.

Jules betrachtete die geschnitzte und in gedeckten Farben kolorierte Jesusfigur und begann zu ahnen, worauf die Kollegin hinauswollte: »Der Splitter, den Noël entdeckt hat«, sagte er, woraufhin Alicia nickte. »Du glaubst, er stammt von einem Kruzifix?«

»Vielleicht nicht gerade ein ausgewachsenes Kruzifix wie dieses hier, ich denke da eher an eine handlichere Heiligenfigur. Eine, die gut in der Hand liegt, aber schwer genug ist, um jemandem damit den Schädel zu zertrümmern.«

Jules schnippte mit dem Finger. »Super Idee!«, lobte er und strebte zum Einsatzwagen.

»Wo willst du hin?«, fragte Alicia, offenbar verwundert über die Eile.

»In die Pathologie!«, rief Jules ihr zu und klemmte sich hinters Steuer.

Ein scharfer Geruch nach Chemikalien stieg ihm in die Nase, der Obduktionsraum flirrte nur so von elektrischer Energie. In das Knistern der Neonröhren mischten sich das Sirren der Saugfilter und das Summen der Kühlschränke, in einer Nische lief die Zentrifuge. Zwei der fünf Obduktionstische waren heute belegt. Noël stülpte sich gerade eine schwarz gummierte Schürze über den Kopf, als er Jules und Alicia hereinkommen sah. Jules schluckte und versuchte, nicht an das fettige Croissant zu denken, das er sich auf dem Weg hierher gegönnt hatte.

»Oho, hoher Besuch«, freute sich Noël und legte die Schürze wieder ab. »Was verschafft mir die Ehre?«

»Können wir das Gespräch vielleicht an einem anderen Ort fortsetzen?«, bat Jules, der sich trotz all der Berufsjahre nicht mit den gelegentlichen Aufenthalten in diesen Totenkammern anfreunden konnte.

»Natürlich«, stimmte der Pathologe zu. »Gehen wir ins Büro.«

Dort weihte Alicia ihn in ihre neuste Theorie ein, worauf ihr Noël nach kurzem Nachdenken beipflichtete. »Eine Heiligenfigur, wirklich clever. Material und

Farbe dürften stimmen. Ja, ich denke, das ist ein vielversprechender Ansatz. In dieser Richtung solltet ihr weiter ermitteln.«

»Die Toten wurden auf dem Grund und Boden eines Gotteshauses gefunden, und bei der Tatwaffe handelt es sich höchstwahrscheinlich um einen sakralen Kunstgegenstand«, fasste Jules zusammen. »Was sagt uns das über den Täter oder die Täterin?«

»Dass er oder sie etwas mit der Kirche zu tun haben muss«, folgerte Alicia. »Und dass der Tatort möglicherweise im direkten Umfeld des Grabes zu finden ist.«

Jules deutete ein Nicken an. »Das können selbstverständlich auch alles fehlerhafte Folgerungen sein, die uns in die Irre führen. Trotzdem müssen wir diese potenziellen Zusammenhänge prüfen.«

Alicia seufzte: »Das heißt, Bauers Platz auf dem Siegertreppchen der Verdächtigen wackelt schon wieder, und wir besuchen Altpfarrer Gauchet ein drittes Mal ...«

»Baurs Platz wackelt nicht unbedingt«, meinte Jules. »Aber lass uns diese Unterhaltung bei einem Kaffee fortsetzen. Ich brauche dringend einen Koffeinschub.« An Noël gerichtet sagte er: »Vielen Dank, du warst wie immer eine große Hilfe.«

Sie ergatterten zwei Sitzplätze vorm *Café des Marchands* unweit des *Musée Bartholdi*.

Jules hob bereits den Arm, um der Kellnerin zu winken, da fragte Alicia: »Was nimmst du?«

»*Un café*«, antwortete Jules, »vielleicht auch *un café double*.«

»Wenn es dir aufs Koffein ankommt, wie wäre es mit *un café serré*?«, brachte Alicia die stärkste Kaffeevariante ins Spiel.

Jules winkte ab. »Dann doch lieber *un allongé* oder *un américain*«, gemeint war mit heißem Wasser gestreckter Espresso. Jules wurde einmal mehr bewusst, wie ausgeprägt und vielseitig die Kaffeekultur in seinem Land war. Beinahe genauso wie in Italien.

Was würde Alicia wohl nehmen? Den Klassiker *café au lait* trank man eigentlich nur zu Hause, bevorzugt aus einer großen Schale, sodass man ein Croissant oder ein Stück Baguette hineintunken konnte. Dann vielleicht einen schlichten *café crème* oder *une noisette*, einen Kaffee im Espressoformat, begleitet von einem Kännchen warmer Milch. Zu seiner Überraschung wählte sie *un café filtre* – bei den jungen Leuten schien Filterkaffee gerade hoch im Kurs zu stehen.

»Die meisten meiner Freundinnen trinken übrigens lieber Tee«, meinte Alicia. »Ich bin inzwischen eine echte Ausnahme.«

»Tee in Frankreich?«, wunderte sich Jules.

»O ja! Die Tasse Tee verdrängt allmählich den Coffee to go, sogar in der Café-Stadt Paris.«

»Kaum zu glauben. Hoffentlich werden dazu wenigstens *Macarons* gereicht.«

Alicia kicherte. »Ja, es gibt da noch ganz andere verrückte Kombis: zum Beispiel *Brioche* mit Teekonfitüre oder *Foie gras* auf Aspik von Schwarzem Tee.«

Gekräftigt durch den Muntermacher, nahm Jules einen neuen Anlauf, um Ordnung in das Durcheinander der neusten Erkenntnisse zu bringen: »Eine Möglichkeit bestünde darin, dass Baur und Gauchet gemeinsame Sache machten.«

»Komplizen?«, fragte Alicia.

»So weit würde ich nicht gehen, doch möglicherweise wurde und wird Baur von Gauchet gedeckt.«

»Du meinst, Gauchet hat Baur bei der Tat oder kurz darauf überrascht, ihn aber nicht gemeldet, sondern unter seinen persönlichen Schutz genommen?«

»Ja, denn Baur könnte ihm gegenüber Reue gezeigt und eine Art Beichte abgelegt haben, woraufhin sich Gauchet verpflichtet fühlte, ihm zu helfen, und sich fortan an sein Schweigegelübde gehalten hat.«

Alicia wirkte nicht überzeugt. »Mir ist immer noch nicht klar, weshalb Baur die Tat im Umfeld der Kirche begangen haben soll.«

Auch dazu hatte Jules inzwischen eine Idee: »Weil er einen Vorwand brauchte, um seine Opfer in den Hinterhalt zu locken. Womöglich behauptete er, *Pasteur* Gauchet wollte sie dort treffen, und lauerte ihnen dann auf.«

»Nichts davon können wir beweisen.«

Jules trank den Rest seines Kaffees. »Dann werden wir Gauchet direkt damit konfrontieren. Ich bin fest davon überzeugt, dass er uns etwas vorenthält. Die Rolle des Unwissenden nehme ich ihm einfach nicht ab!«

»Wenn du meinst …«

»Ganz bestimmt«, zeigte sich Jules überzeugt. »Doch wir werden nichts überstürzen. Baur bleibt unter Beobachtung, und bevor wir Gauchet erneut aufsuchen, halte ich Rücksprache mit dem Untersuchungsrichter.

Fluchtgefahr besteht ja wohl kaum, daher vertagen wir das auf morgen. Ich finde, für heute haben wir genug Aufregung gehabt.«

LE SEPTIÈME JOUR
DER SIEBTE TAG

17

Den Vormittag hatte sich Jules freigenommen, um mit Joanna das unterbrochene Vorbereitungsgespräch fortzuführen; sie waren mit *Pasteur* Moser in Saint-Jacques-le-Majeur verabredet. Joanna passte das sehr gut, denn so konnten sie die Hinfahrt zur abgelegenen Wehrkirche nutzen, um über Jules' Fall zu sprechen.

»Das mit der nächsten Befragung von Gauchet würde ich nicht überstürzen«, riet sie ihm und bestätigte damit unwissentlich Alicias Zurückhaltung in dieser Angelegenheit. »Ich meine: Bis auf die Erkenntnis, dass es sich bei der Tatwaffe um eine geschnitzte Heiligenfigur handeln könnte, gibt es nichts Konkretes. Und deine Theorie mit dem dunklen Geheimnis, das er und Baur teilen sollen – na ja. Was erwartet ihr von dem alten Mann? Warum sollte er mehr sagen als beim letzten Mal?«

»Was wir erwarten? Ganz bestimmt kein überraschendes Geständnis, so naiv bin ich auch nicht«, antwortete Jules, während er den Wagen durch den Torborgen der äußeren Mauer lenkte. »Trotzdem müssen wir es bei ihm versuchen. Denn noch hat er eigentlich kaum etwas beigetragen, außer dass er nichts gehört und nichts gesehen haben will. Kann es wirklich sein, dass jemand nicht merkt, wenn in seinem unmittelbaren Umfeld ein Doppelmord verübt wird und zwei Leichen begraben werden, wahrscheinlich sogar mithilfe eines lauten Baggers?«

»Dass der Mord in oder nahe bei Saint-Jacques-le-Majeur verübt wurde, ist nach wie vor nicht bewiesen. Denn außer der Funkzelle, in der das Handy der Verstorbenen geortet wurde, gibt es kein weiteres gerichtsfestes Indiz. Und wenn der Mann behauptet, er habe einen festen Schlaf, muss das nicht gelogen sein«, entgegnete Joanna. »Ich finde, ihr solltet etwas mehr Munition sammeln, bevor ihr Gauchet wieder auf die Pelle rückt.«

Pasteur Moser nahm sie schon auf dem geschotterten Parkplatz in Empfang und führte sie durch den verwildert-verwunschenen Vorgarten ins Pfarrhaus.

»Es tut mir sehr leid, dass wir beim letzten Mal auf eine so unschöne Art unterbrochen worden sind«, sagte Moser, während er sie in sein Arbeitszimmer begleitete.

Der gediegene, in dunklen Tönen gehaltene Raum strahlte Behaglichkeit aus, und Joanna konnte sich gut vorstellen, wie sich der Pfarrer abends vor den großen gemauerten Kamin setzte und sich in eine Lektüre vertiefte, vielleicht mit einem Cognacschwenker in der Hand. Als ihre Blicke über den Kamin glitten, fiel ihr der Zierrat auf, der über dem breiten Sims verteilt stand: darunter Krüge aus Steingut, ein mehrarmiger Kerzenhalter, aber auch zwei Heiligenfiguren, jeweils gute 40 bis 50 Zentimeter hoch. Unwillkürlich musste sie an Jules' neue Spur denken – und sie fragte sich, ob Altpfarrer Gauchet den Ermittelnden nicht doch etwas vorenthielt.

Pasteur Moser hatte alles gut vorbereitet und ging mit ihnen den Ablauf der Trauung durch, wobei sie die Liturgie besprachen und Lieder aus dem Gesangbuch auswählten. Sie hielten sich dabei meistens an Mosers Vorgaben, denn alles wirkte rund und passend auf sie zugeschnitten.

Eine gute Stunde nahm sich Moser Zeit, bis Jules zu drängen begann, indem er immer wieder auf seine Armbanduhr schielte. Joanna versetzte ihm einen leichten Tritt gegen den Knöchel, doch Moser hatte Jules' Unruhe längst bemerkt und klappte die lederne Mappe mit seinen Aufzeichnungen zu.

»Die Pflicht ruft, Major?«, fragte er. »Wir sind ja auch so weit durch. Sie wissen ja: Wenn später noch Fragen auftreten, können Sie sich jederzeit an mich wenden.«

Sie verließen das Arbeitszimmer und gingen in den Flur, der ebenso die jahrhundertealte Geschichte atmete wie das ganze Gemäuer. Beiläufig erkundigte sich Moser, ob es denn Neuigkeiten gebe, was die Skelettfunde betreffe. Jules' Antwort fiel ausweichend aus, was Joanna gut nachvollziehen konnte, denn über laufende Ermittlungen sprach man nicht mit Außenstehenden.

Zu ihrer Überraschung gab Jules dann doch eine Information preis und ließ den Namen Gauchet fallen. Moser stieg darauf ein und erzählte, dass er seinen Vorgänger schon lange nicht mehr persönlich getroffen habe, was er sehr bedauere. Schließlich sei Gauchet ein hochgeschätzter Prediger gewesen und einer, der sich um die Gläubigen gekümmert habe.

»Er hat mir den Weg bereitet und mich in die Gemeinde eingeführt, sonst hätte ich hier sicher nicht so bald Fuß gefasst«, schilderte Moser mit einem etwas wehmütigen Ausdruck. »Er ist ein guter Mensch und hat es nicht verdient, dass man ihm so böse mitgespielt hat.«

Jules, dessen Fuß schon auf der Türschwelle stand, hielt inne. Auch Joanna horchte interessiert auf.

»Was meinen Sie?«, fragte Jules. »Wer hat Ihrem Vorgänger böse mitgespielt?«

»Ach, Sie wissen nichts darüber?« Moser schaute betreten nach unten. »Ich war davon ausgegangen, dass es Ihnen bereits bekannt ist.«

»Nein, aber bitte weihen Sie uns ein«, sagte Jules ernst.

Moser atmete tief ein. »Dass Sie es durch mich erfahren, schmerzt mich: Es gab kircheninterne Ermittlungen gegen meinen Kollegen.« Rasch fügte er hinzu: »Das liegt lange zurück, und das Verfahren wurde eingestellt. Doch bleibt da nicht immer ein Makel haften? Dem armen Gauchet hat es jedenfalls den Einstieg in den wohlverdienten Ruhestand verleidet.«

»Um was ging es bei den Ermittlungen?«, wollte Jules wissen.

Moser schwieg.

»Was wurde Gauchet vorgeworfen?«, blieb Jules beharrlich.

»Es wäre wohl besser, wenn Sie mit der Kirchenleitung darüber sprechen«, wich Moser aus.

»Sie haben das Thema angeschnitten«, merkte Joanna an, »also können Sie uns auch den Rest verraten. Wir bekommen es ja ohnehin heraus.«

Moser nickte verhalten. »Es waren Vorwürfe wegen eines sexuellen Übergriffs laut geworden«, gab Moser preis.

»Wurde auch eine Anzeige aufgegeben?«, wollte Jules wissen.

»Nein, es blieb bei kircheninternen Ermittlungen, aber der Kollege war für einige Monate vom Dienst suspendiert, und das so kurz vor dem Ruhestand.«

»Weshalb ist der Verdacht gegen *Pasteur* Gauchet fallengelassen worden?«, erkundigte sich Joanna.

»Die Eltern des betreffenden Mädchens zogen ihre Beschuldigungen zurück«, wusste Moser. »Nähere Hintergründe kenne ich nicht, Sie brauchen mir dazu also keine weiteren Fragen zu stellen, bitte.«

»Bemerkenswert«, sagte Joanna, als sie wieder im Auto saßen.

»Bist du jetzt auch dafür, dass wir uns Gauchet noch einmal vorknöpfen?«, gab sich Jules siegessicher.

»Ja und nein«, antwortete Joanna. »Ich bleibe dabei, dass ihr nichts überstürzen solltet. Selbst wenn etwas dran ist an den Vorwürfen, und Gauchet hat sich tatsächlich an einem seiner Schützlinge vergriffen – wo ist der Zusammenhang zum Tod von Melissa und Raphaël? Mein Rat: Wartet, bis ihr mehr Informationen gesammelt habt. Aber wie ich dich kenne, wirst du nicht die Geduld dafür aufbringen.«

18

Jules, der Joanna zu Hause abgesetzt hatte, ließ Alicia an einer Straßenecke unweit der Gendarmerie zusteigen und fuhr gleich weiter. Er wollte keine Zeit verlieren.

»Ich habe gerade mit dem Krankenhaus telefoniert«, sagte Alicia, die sich kaum angeschnallt hatte, als Jules schon aufs Gaspedal trat. »Mathis Baur geht es den Umständen entsprechend gut, für ein Verhör ist es aber noch zu früh, sagt der Arzt.« Sie hielt sich am Griff fest, als Jules den Wagen um eine Kurve zwang. »Wohin fahren wir?«, erkundigte sie sich. »Gauchet?«

»Noch nicht. Erst einmal in ein Fachgeschäft.«

»Was für ein Fachgeschäft?«

»Eines, das sich auf kirchliche Utensilien spezialisiert hat. Ich habe mir sagen lassen, dass es der Marktführer hier in der Gegend sein soll.«

Der Laden war in einem der für Colmar typischen Fachwerkhäuser untergebracht, dunkel und völlig überladen. Verkauft wurde hier alles, was das Christenherz begehrte, angefangen bei Medaillons mit spirituellen Motiven bis hin zu großformatigen Malereien von Bibelszenen. Jules und Alicia sahen sich gezielt nach Holzschnitzarbeiten um und wurden bald fündig: Auf einem wandhohen Regal standen die käuflichen Exponate dicht an dicht.

»Der Anblick einer stilvollen Heiligenfigur ist immer

ein tiefes Erlebnis und gleichzeitig eine Begegnung mit der Kunst«, sprach sie ein kleiner Mann mit schmalem Gesicht und struppigem grauem Haar an. Er trug einen nicht mehr ganz neuen dunklen Anzug und eine schwarze Krawatte. »Unsere Heiligenfiguren sind überaus geschmackvoll gearbeitet und erfüllen höchste Qualitätsstandards. Überzeugen Sie sich selbst!« Das Männchen griff zielgerichtet in das Regal. »Was halten Sie zum Beispiel von unserer Bergmadonna? Sie bekommen sie in naturbelassenem Holz, mehrtönig gebeizt oder handkoloriert. Nein? Dann vielleicht einen Schutzengel? Den können Sie als Gendarmen ja gewiss gebrauchen. Preislich liegen wir da bei knapp 40 Euro für die kleinere Ausführung.«

Jules nahm einen der Engel entgegen und wog ihn in der Hand. »Sind die alle massiv?«

»Wir verkaufen nur Vollholzmodelle, wenn Sie das meinen«, sicherte der Mann ihm zu. »Aber natürlich ist Ihre Frage berechtigt. Bei den Straßenhändlern am Münster kann es passieren, dass man Ihnen eine ausgehöhlte Figur unterjubelt oder – noch schlimmer – eine aus Holzresten zusammengeleimte. Es gibt sogar welche aus Kunststoff, made in China, ganz scheußlich. Setzen Sie lieber auf Qualität und werden Kunde bei uns. Wir gewähren auch Garantie.«

»Garantie auf einen Engel?«, wunderte sich Jules. »Gilt die auch für den Schutz, den er einem bringen soll?« Der Verkäufer sah nicht so aus, als würde er Jules' Scherz verstehen, daher gab er ihm die Figur zurück und fragte: »Zählen Kirchenvertreter zu Ihrem Kundenkreis oder sind es eher Touristen?«

»Beides trifft zu. Weshalb fragen Sie?«

»Uns würde interessieren, ob *Pasteur* Gauchet, ehemaliger Prediger von Saint-Jacques-le-Majeur, bei Ihnen einkaufte. Heiligenfiguren zum Beispiel«, erkundigte sich Alicia.

»Oder aber, ob er einmal eine dieser Figuren zur Reparatur gebracht hat«, ergänzte Jules. »Nicht erst kürzlich, sondern vor ungefähr zehn Jahren.«

Der Verkäufer sah sie zunächst fragend an. Dann sagte er: »*Pasteur* Gauchet ist mir in der Tat bekannt. Er hatte sich einige Male bei uns umgeschaut, und wir waren ins Gespräch gekommen. Aber ich habe ihn jahrelang nicht mehr gesehen. Ich meine, einmal gehört zu haben, dass er recht zurückgezogen draußen auf dem Land wohnt.« Er kratzte sich am Kopf. »Ob *Pasteur* Gauchet bei uns eine Heiligenfigur erstanden hat, kann ich Ihnen leider nicht sagen. Ich erinnere mich nicht, ihm eine verkauft zu haben. Und eine Reparatur …«

»Sie haben doch eine Werkstatt, oder?«, fragte Jules. »Es kann ja passieren, dass einem so ein gutes Stück herunterfällt und etwas abbricht.«

»Sicher, sicher«, sagte der Mann. »Unsere Werkstatt ist spezialisiert darauf und erledigt sogar Metallarbeiten. Aber dass *Pasteur* Gauchet einmal etwas bei uns richten lassen hat, ist mir nicht bekannt.«

»Wie gesagt: Es ist um die zehn Jahre her«, betonte Jules. »Versuchen Sie sich bitte zu erinnern.«

Doch der Mann verneinte: »Ich entsinne mich nicht, eine beschädigte Figur von ihm entgegengenommen zu haben. Nein, da kann ich leider nicht helfen.«

Wieder vor der Tür fragte Alicia Jules: »Fahren wir trotzdem zu Gauchet?«

»Ja«, antwortete Jules bestimmt. »Konfrontieren wir ihn mit dem, was wir inzwischen herausgefunden haben. Mal schauen, ob er weiter den Ahnungslosen mimt.«

»Wie wollen wir vorgehen?«

»Auf die harte Tour«, entschied Jules. »Mit etwas Glück knickt er ein und gesteht.«

Dieses Mal trafen sie den Geistlichen nicht in seinem Garten an, doch als er ihnen die Tür öffnete, trat er ihnen in abgetragener Arbeitskleidung entgegen, die Knie braun vom Knien in den Beeten. In der Hand hielt er eine dampfende Keramiktasse mit abgestoßenen Rändern.

»Sie kommen noch einmal vorbei?«, fragte Gauchet mit gekräuselter Stirn. »Überschätzen Sie da nicht meine Bedeutung in diesem Fall? Oder geht es heute um etwas anderes?«

Jules ging nicht darauf ein, sondern zeigte auf die beschmutzten Hosenbeine. »Die Gartenarbeit ist Ihr Ein und Alles, stimmt's?«

»Ja«, antwortete Gauchet sofort. »Es gibt nichts Schöneres für mich, als an der frischen Luft zu sein und mich um meine Pflanzen zu kümmern. Sie zu hegen und zu pflegen. Ob Ziergewächse, Gartenkräuter oder Gemüsestauden: Pflanzen spüren es, wenn man ihnen Gutes tut, und sie belohnen einen mit ihrer Blütenpracht und prallen Früchten.«

»Gingen Sie dieser Leidenschaft auch schon in Ihren aktiven Jahren als Pfarrer nach?«

»Hin und wieder«, sagte Gauchet ohne erkennbaren Argwohn. »Allerdings blieb mir nicht sehr viel Zeit dafür, denn das Amt füllte mich voll und ganz aus.«

»Aber Sie wissen, wie man einen Garten auf Vordermann bringt«, unterstellte Jules. »Mitunter sind Hilfsmittel nötig: Harke, Spaten, Schubkarre – und manchmal auch ein Kleinbagger.«

Gauchets Mimik veränderte sich, er ging auf Abstand. »Was deuten Sie an?«

»Wir wissen von den Vorwürfen, die gegen Sie laut geworden sind«, übernahm Alicia. »Vorwürfe, nach denen Sie sich an einer Schutzbefohlenen vergangen haben sollen.«

Der Altpfarrer wurde blass. Taumelnd setzte er zwei weitere Schritte zurück und suchte an einer Kommode Halt. Dabei verschüttete er einen Teil seines Heißgetränks. »Diese Anschuldigungen haben sich als unhaltbar erwiesen«, sagte er mit belegter Stimme.

»Aber ein Makel bleibt zurück, nicht wahr?« Jules fasste ihn fest ins Auge. »Monsieur Gauchet: Galt Ihre Vorliebe für kleine Mädchen auch für junge Frauen von Anfang, Mitte 20?«

»Gab es einen Annäherungsversuch Ihrerseits an Melissa Langlois?«, fragte ihn Alicia auf den Kopf zu.

»Wie? Was?«, stammelte Gauchet und wurde noch fahler.

»Eine Rekonstruktion der Handydaten hat ergeben, dass sich Herr Hauenstein zuletzt im Umfeld des Pfarrhauses von Saint-Jacques-le-Majeur aufgehalten hatte und dass er von dort aus einen Anruf an Melissa Langlois getätigt hatte«, informierte Jules den überfordert wirkenden Altpfarrer.»Über den Inhalt des Gesprächs ist nichts bekannt …«

»… doch wir gehen davon aus, dass er seiner Frau mitteilte, er sei bei Ihnen und stelle Sie wegen des Vorfalls zur Rede, woraufhin Melissa ebenfalls zum Pfarrhaus kam«, setzte Alicia den Gedanken fort. »Möglicherweise hatte sie bereits im Wagen draußen vor dem Haus gewartet.«

Gauchets Augen wanderten hektisch von ihr zu Jules und wieder zurück. »Was reden Sie denn da? Nichts davon ist wahr! Monsieur Hauenstein ist nach der Hochzeit nicht noch mal bei mir gewesen, und auch nicht Melissa Langlois. Ich habe mich dieser Frau niemals unsittlich genähert.«

»Was zu beweisen wäre«, sagte Jules streng. »Können Sie das? Haben Sie ein Alibi für besagten Tag?«

»Um welchen Tag genau geht es denn? Und wie soll ich mich daran erinnern nach all den Jahren?« Gauchet raufte sich das zerzauste graue Haar. Er wirkte verzweifelt.

»Machen Sie es uns und Ihnen doch nicht so schwer«, appellierte Jules an ihn. »Ich will Ihnen sagen, wie es sich abgespielt hat: Nachdem Monsieur Hauenstein Ihnen die Leviten gelesen hatte und Sie aufforderte, seine Frau nie wieder anzurühren, rief er sie an und sagte, sie könne nun dazukommen und Ihnen ebenfalls die Meinung sagen. Vielleicht wollte er als Nächstes die Polizei verständigen, um Sie anzuzeigen, oder Ihr Verhalten zumindest der Kirchenleitung melden. Was für eine Demütigung für Sie! Sie wussten, dass dann alles wieder von vorn beginnen würde – und dass Sie diesmal ganz sicher Ihr Amt als Pfarrer verlieren würden. Sie waren verzweifelt. Ob im Affekt oder durch ein Versehen brachten Sie Hauenstein zu Fall, er schlug unglücklich mit dem Kopf auf und brach sich die Schädeldecke. Exitus. Sie wussten, dass jeden Augenblick auch Madame Langlois eintreffen würde. Was, wenn sie Sie mit dem Toten sähe? Da Sie die Tat nicht ungeschehen machen konnten, setzten Sie alles auf eine Karte, griffen nach einer der Heiligenfiguren auf dem Kaminsims und lauerten der ahnungslosen Frau auf.«

»Nein, nein.« Gauchet schüttelte verzweifelt den Kopf. »Das ist alles nicht wahr. Nichts davon hat sich ereignet.«

»Sie müssen zugeben: Alles passt zusammen«, behauptete Alicia, »und Sie sind die einzige Person, die sich fortwährend auf dem Kirchenareal aufgehalten hat, wo alle Fäden zusammenlaufen. Nachts sind Sie allein gewesen, da das Personal nicht im Pfarrhaus untergebracht war. Da die Leichname nur im Schutz der Dunkelheit verscharrt werden konnten, ohne dass der Täter Gefahr laufen musste, entdeckt zu werden, deutet alles auf Sie hin.«

Gauchets Proteste fielen zunehmend schwächer aus. Die Keramiktasse fiel zu Boden. Da er nicht mehr sicher auf den Beinen zu stehen schien, geleitete Jules ihn in ein beengtes Wohnzimmer, das von allerlei Zierrat überfüllt war, darunter auch hölzerne Skulpturen.

»Was geschieht jetzt mit mir?«, fragte Gauchet mit trübem Blick. »Muss ich ins Gefängnis?«

Jules fing Alicias Blick auf und sagte: »Ich werde beantragen, Sie vorerst unter Hausarrest zu stellen.«

»Darf ich dann noch in meinen Garten?«, fragte Gauchet bekümmert.

»Ja, das dürfen Sie.«

Als Nächstes wollte Jules die Spurensicherung anfordern, um nach der Tatwaffe und womöglich noch vorhandenen alten Blutspuren zu suchen. Denn er nahm an, dass Gauchet das todbringende Utensil nicht in Saint-Jacques-le-Majeur zurückgelassen hatte. Und im Grab hatte man es ja nicht gefunden.

»Stammen die Heiligen, mit denen Sie sich umgeben, aus Saint-Jacques-le-Majeur?«, fragte Jules.

»Einige«, sagte Gauchet und ließ den Kopf hängen.

Der Altpfarrer würde sich erkennungsdienstlich erfassen lassen und seine Fingerabdrücke abnehmen lassen müssen. Um Verwechslungen bei der Durchsuchung des Pfarrhauses vorzubeugen, sollte auch *Pasteur* Moser seine Abdrücke geben, merkte sich Jules vor.

Er hoffte, den Fall nun bald zum Abschluss bringen zu können. Gut für Mathis Baur, gegen den der Anfangsverdacht wohl bald fallengelassen werden könnte.

19

Joanna überraschte Jules, weil sie sich mit ihm nach Feierabend in der *Brasserie Georges* verabredet hatte. Jules' »Stammkneipe« stand eigentlich nicht auf der Liste von Joannas bevorzugten Lokalitäten. Noch mehr wunderte er sich, als sie ihn nicht in der *Brasserie*, sondern davor erwartete: auf dem Bouleplatz zwischen den großen Kastanien. In den Händen hielt sie die Tasche mit Jules' Boulekugeln.

»Du spielst doch überhaupt kein Boule«, sagte er und küsste sie zur Begrüßung.

»Aber ich möchte es lernen. Wenn wir verheiratet sind, sollten wir mehr Gemeinsamkeiten entdecken.«

Jules hatte nichts dagegen einzuwenden, im Gegenteil! Bereitwillig erklärte er ihr die Regeln (obwohl es da je nach Region und Spielweise gewaltige Unterschiede im Detail gab): »Die meisten meinen mit Boulespielen die Variante *jeux de boules* oder auch *Pétanque*. Es kommt ursprünglich aus der Provence, hat sich aber mittlerweile übers ganze Land verbreitet.«

»Halt mir keine Vorträge, sondern zeig mir einfach, wie es geht!«, forderte Joanna lachend. In ihrer weiten lindgrünen Latzhose sah sie einfach nur süß aus.

Jules öffnete die Tasche. »Die Ausrüstung besteht jeweils aus drei Metallkugeln. Hier, nimm mal eine in die Hand! Ganz schön schwer, was? Beide Parteien müssen einer kleinen Zielkugel, dem *cochonnet*, möglichst nahe kommen. Gespielt werden kann als Einzelduell, *tête-à-tête*, also jeder mit seinen drei Kugeln, das ist die Wettkampfvariante. Mehr Spaß macht der Mannschaftskampf, zwei gegen zwei: *doublette*, wieder jeder mit drei Kugeln. Oder *triplette*, drei gegen drei. Wichtig ist die richtige Mischung aus Taktik, Teamspiel, individuellem Können und, ja, auch Psychologie.«

»Psychologie? Daher die vielen dummen Sprüche, die ihr beim Spielen klopft«, amüsierte sich Joanna.

»Ganz genau. Die Verunsicherung des Gegners kann als Spieltaktik gar nicht hoch genug eingestuft werden«, bestätigte Jules mit einem Zwinkern. »Möchtest du es einmal probieren?«, fragte er und warf die kleine Zielkugel auf den sandigen Untergrund. In etwa sieben Metern Entfernung blieb sie liegen. »Erst mal nur du ganz allein, damit du ein Gefühl dafür kriegst.«

»Gern, ich probiere es mal, dafür bin ich ja hier.« Joanna fixierte das Ziel und nahm Maß.

Jules beobachtete sie dabei und fragte: »Geht das denn auch wirklich mit deinem Bauch?«

»Ich bin schwanger und nicht krank«, gab Joanna zurück. »Ist das etwa schon dein erster Ablenkungsversuch?«

»Nein, nein, mach nur.«

Bevor Joanna die erste Kugel werfen konnte, unterbrach Jules ein weiteres Mal: »Einen beliebten Anfängerfehler solltest du sofort vermeiden: beim Ausholen ein Bein zu heben«, erklärte er, denn das verbiete schon der Name des Spiels, der sich vom südfranzösischen *a pes tanca*, Füße zusammen, ableite, woraus *Pétanque* wurde. »Du wirfst ohne Anlauf, stehend oder hockend, Hauptsache, beide Füßen bleiben auf dem Boden.«

Joanna sah ihn ein wenig genervt an, befolgte aber die Anweisung. Erneut nahm sie mit dem Arm Schwung – und wieder ging Jules dazwischen.

»Überlege dir genau, wohin du zielst«, empfahl er. »Wenn dir mit dem ersten Wurf ein *biberon* gelingt, du es also dicht bis an die Zielkugel schaffst, weiß jeder, dass du keine geübte Spielerin bist.«

Joanna drehte sich zu ihm um. »Warum sollte ich denn nicht versuchen, ans Ziel zu kommen? Ich dachte, dass wäre Sinn und Zweck des Spiels.«

»Weil ein starker Gegner deine Kugel sofort wegkicken würde. Lieber 20 oder 30 Zentimeter daneben zielen, und schon muss dein Gegner abwägen: legen oder schießen?«

Joanna setzte die Kugel auf den Boden ab. »Ich verstehe schon jetzt nichts mehr.«

»Beim Legen strebst du an, dem *cochonnet* nahezukommen, gleichzeitig aber auch in der Nähe der gegnerischen Kugel zu bleiben. Entschließt sich der Kontrahent dann zum Wegschießen, trifft er womöglich eine eigene Kugel. Verstanden?«

»So ungefähr.«

»Wenn jede Mannschaft ihre Kugeln gelegt oder geschossen hat, wird ausgezählt. Ein Team bekommt so viele Punkte, wie Kugeln näher am Ziel liegen als beim Gegner. Dann beginnt die nächste Runde. Hat eine Seite 13 Punkte zusammen, ist das Match entschieden.«

»Puh«, machte Joanna und bückte sich wieder nach der Kugel. »Ich hatte es mir einfacher vorgestellt.«

»Das Kniffligste kommt erst noch: Um ein gutes Distanzgefühl zu entwickeln, musst du lernen, das Terrain zu sondieren: Bodenwellen, Neigungen, herausragende Steinchen – all das spielt eine Rolle. Natürlich auch das Wetter: Feuchtigkeit zum Beispiel bremst.«

»Du machst mir ja Mut …«

»Wenn du erst einmal in unsere Profikreise aufgestiegen bist, wirst du das alles aus dem Effeff beherrschen und bereit sein für die große Kunst des *portée*.«

»Bitte was?«

»Man wirft die Kugel im hohen Bogen direkt bis hinter das *cochonnet*, wo sie dank ihres Rückwärtsdralls zielgenau liegen bleibt und vom Gegner nicht weggeschossen werden kann, ohne dass er auch die Zielkugel verschiebt. Das ist nämlich verboten.«

»Kann es sein, dass du mir all diese Dinge erzählst und alles verkomplizierst, weil du mich in Wahrheit gar nicht dabei haben möchtest bei eurer Männerrunde?«

Ehe Jules darauf antworten konnte, holte Joanna aus und warf. Hatte er erwartet, dass die Kugel meterweit vor dem Ziel landen würde, sah er sich getäuscht. Sie beschrieb einen sauberen Bogen durch die Luft und rollte etwa zwei Handbreit vom *cochonnet* aus. Ein nahezu perfekter Wurf. »Hast du heimlich geübt?«, fragte er.

Joanna grinste ihn an. »Du kennst mich. Meinst du, ich nehme unvorbereitet eine neue Herausforderung an?«

Nach einigen weiteren sehr gelungenen Versuchen meinte Joanna, dass es ihr nun doch zu viel werde und sie sich einen Moment hinsetzen wolle. An der Bar ließen sie sich von Georges zwei Saftschorlen servieren, und Joanna erkundigte sich nach den Fortschritten im aktuellen Fall.

Jules berichtete und merkte gleich, dass Joanna von der Entwicklung alles andere als begeistert war. »Gauchet steht unter Hausarrest?«, fragte sie. »Hat mein Kollege dem zugestimmt?«

»Ja, der zuständige Untersuchungsrichter hat sich unserer Einschätzung angeschlossen: *Pasteur* Gauchet gilt jetzt als unser Verdächtiger Nummer eins, Mathis Baur ist damit vorerst aus dem Schneider.«

»Soso«, meinte Joanna und nippte an der Saftschorle. »Und wie genau soll sich die Tat abgespielt haben? Gauchet belästigte Melissa. Sie sagte es Raphaël, der daraufhin nach Saint-Jacques-le-Majeur fuhr, um den Lüstling zur Rede zu stellen, korrekt?«

»Ja, so in etwa stellen wir uns das vor.«

»Nachdem er sich den Pfarrer vorgeknöpft hatte, rief Raphaël seine Frau hinzu, und zwar noch vom Pfarrhaus oder aus der Nähe. Warum?«

»Weil er ihr mitteilen wollte, dass er es erledigt hatte«, nahm Jules an.

»Okay«, sagte Joanna und verzog den Mund. »Und Melissa fiel nichts Besseres ein, als dann selbst ins Pfarrhaus zu fahren? Weshalb hätte sie das tun sollen?«

»Raphaël könnte Gauchet dazu gezwungen haben, sich persönlich bei Melissa zu entschuldigen«, erklärte Jules seine Theorie. »Außerdem musste sie nicht erst herfahren, sondern wartete wahrscheinlich draußen im Wagen. Wir gehen davon aus, dass beide in einem Auto zur Kirche gekommen waren und Raphaël vorausging, um sich Gauchet vorzuknöpfen. Nachdem er das getan hatte, rief er Melissa auf dem Handy an und bat sie, ebenfalls hereinzukommen.«

»Doch in der Zwischenzeit hatte Gauchet ihn bereits umgebracht, und als Melissa auftauchte, blühte ihr dasselbe Schicksal«, folgerte Joanna.

Jules stimmte zu. »Vermutlich kam es zu einem Gerangel zwischen Raphaël und Gauchet, in dessen Verlauf Raphaël stürzte und sich den Hinterkopf einschlug.«

»Also ein Unfall.«

»Die gerichtsmedizinische Untersuchung spricht dafür, ja. Als Melissa wenig später erschien, lauerte Gauchet ihr auf und erschlug sie mit einer hölzernen Heiligenfigur. Nach der Tatwaffe wird gerade in seinem Haus und gegebenenfalls später auch im Pfarrhaus gesucht.«

»Mord oder Totschlag?«, fragte Joanna.

»Ich gehe eher von Totschlag aus, möglicherweise handelte Gauchet in dieser Situation im Affekt. Er war in Panik, eine psychische Ausnahmesituation.«

»Was ist mit dem Auto passiert? Die beiden sind ja sicher nicht zu Fuß nach Saint-Jacques-le-Majeur gekommen.«

»Das weißt du doch, es ist verschwunden. Genau wie von Melissa und ihrem Mann fehlte damals auch jede Spur von dem Fahrzeug. Man ging ja deshalb davon aus, dass sich beide damit ins Ausland abgesetzt hatten, aber eine Fahndung blieb seinerzeit erfolglos. Das Auto ist nie wieder aufgetaucht.«

Wieder nahm Joanna einen Schluck aus ihrem Glas. »Dir ist klar, dass das alles blanke Theorie und sehr dünn ist«, sagte sie dann. »Wenn ihr die Tatwaffe nicht auftreibt und Gauchet kein Geständnis ablegt, wird das vor Gericht nicht standhalten.«

»Keine Sorge«, gab sich Jules zuversichtlich. »Gauchet wird reden. Früher oder später wird er den Mund aufmachen, da bin ich sicher. Er ist ein gebrochener Mann.«

»Also gut«, meinte Joanna und schob den Barhocker zurück. »Lust auf ein *tête-à-tête*? Eine weitere Boulerunde gegen mich?«

LE HUITIÈME JOUR
DER ACHTE TAG

20

Nur noch zwei Kalenderblätter mussten abgerissen werden bis zum großen Tag, und Joanna merkte, wie die innere Anspannung wuchs. Trotzdem versuchte sie, es sich beim gemeinsamen *petit-déjeuner* mit Jules nicht anmerken zu lassen. Er hatte heute frei, wenn man das so nennen konnte, denn alle paar Minuten schielte er auf sein Smartphone und sah nach, ob es neue Nachrichten von seiner Kollegin Alicia oder von Noël gab.

Beim Bummel durch die Stadt wollten sie einige letzte Bestellungen für die Hochzeit aufgeben wie den Blumenschmuck für die Tische und weiteres Dekomaterial. Außerdem sollte Joanna noch einmal beim Brautmodenladen vorbeischauen, weil Änderungen am Kleid notwendig geworden waren und sie sich beim letzten Mal nicht entschieden hatte, ob sie einen Schleier tragen wollte oder nicht. Inzwischen wusste sie, dass sie darauf verzichten würde, weil es einfach nicht zu ihr passte.

Sie waren nicht weit gekommen, als ihnen eine groß gewachsene Frau in wallenden Kleidern gegenübertrat. Madame Cantaloupe, umtriebige Chefin des Fremdenverkehrsverbands – und eine Nervensäge sondergleichen. Joanna versuchte noch, sich und Jules aus der Gefahrenzone zu bringen und rasch in eine Seitenstraße abzubiegen, aber dafür war es bereits zu spät.

»Eigentlich sollte es eine Überraschung werden«, rief die Cantaloupe ihnen grußlos zu und stellte sich ihnen in den Weg. »Der Auftritt unserer Trachtengruppe. Wollen Sie, dass wir vor der Trauung oder danach unsere Vorstellung geben?«

Trachten? Joanna ahnte, dass diese Idee bei Jules nicht besonders gut ankommen würde. Die traditionelle elsässische Tracht ging auf das frühe 18. Jahrhundert zurück und spiegelte die Seele der Bauernwelt wider. Sie war etwas Besonderes wegen der Stoffe, der Farben und des Schnitts. Joanna, die ja hier aufgewachsen war, waren die hübschen Kostüme vertraut und geläufig. Aber Jules konnte sicher nichts damit anfangen.

»Was soll das mit dieser Aufführung?«, zischte Jules ihr prompt zu. »Hast du das veranlasst?«

»Nein, von mir kommt das nicht«, flüsterte Joanna zurück.

Die Frauentracht bestand aus einer weiten, langärmeligen Baumwollbluse, einem waden- bis knöchellangen Rock, dem darüber getragenen Mieder und der langen einfarbigen Schürze, an den Füßen helle Pantinen aus Lindenholz. Die Männertracht setzte sich aus bunter Jacke mit Goldknöpfen, kariertem Schal und schwarzem, breitkrempigem Filzhut zusammen. Die Pantinen bestanden ähnlich denen der Frauen aus Kastanien- oder Lindenholz. Jules' Familie würde sich dafür gewiss nicht interessieren – oder käme diese Art der Traditionspflege bei ihnen am Ende sogar gut an?

»Wir würden mit der ganzen Gruppe kommen, alle haben zugesagt«, redete die Cantaloupe unbekümmert weiter. »Also wären wir zu zehnt, plus meine Wenigkeit. Aber uns ist natürlich klar, dass wir nicht am Tisch der Brautleute sitzen werden, sondern an einem der anderen.«

»Hat sie sich und ihre Trachten-Clique gerade zum Essen eingeladen?«, zischte Jules.

Joanna zwang sich zu einem Lächeln. »Sehr freundlich, wir werden es uns überlegen«, sagte sie an Madame Cantaloupe gerichtet und zog Jules am Ärmel von ihr weg, ehe er sich auf eine Diskussion mit ihr einlassen konnte.

Viel weiter kamen sie nicht, da kreuzte das nächste bekannte Gesicht ihren Weg. Obwohl Colmar 70.000 Einwohner zählte, blieb es doch ein Dorf.

»*Salut*«, grüßte Lino sie. Wie üblich ging der ausgediente Gendarm in Karohemd und Hosenträgern unter die Leute, auf dem Kopf den speckigen Hut. »Gut, dass ich euch treffe! Ich bin vorhin auf einem Sprung bei Clotilde gewesen und habe mir die Getränkekarte für eure Hochzeit zeigen lassen. Da dachte ich mir: Lino, die jungen Leute kommen den Gästen aus dem Süden nicht genug entgegen. Du musst was tun!«

Joanna sah, wie Jules die Augen verdrehte. »Was fehlt denn?«, fragte sie und hoffte auf eine knappe Antwort.

»Cognac«, sagte Lino mit breitem Grinsen.

»Cognac aus dem Elsass?«, fragte Jules. »Gibt's das denn überhaupt?«

»Aber ja! Das ist eine wenig bekannte, aber sehr alte Tradition«, versicherte Lino.

Schon wieder etwas Traditionelles. Man konnte es auch übertreiben damit, fand Joanna.

»Ich kenne einige Leute, die darauf spezialisiert sind«,

behauptete der Altgendarm. »Wer mit offenen Augen durch die Gegend geht, sieht die zerbeulten, kupfernen Destillierapparate, die auf einem Pritschenwagen von Hof zu Hof gefahren werden, und du kannst sicher sein, dass das Ziel irgendein Keller ist, in dem die überschüssige Kirschenernte verarbeitet werden muss.«

»Ist mir bisher nicht aufgefallen«, meinte Jules.

»Sollte es aber, wenn du mal einem Schwarzbrenner auf die Schliche kommen willst«, entgegnete Lino und versicherte im selben Atemzug: »Meine Lieferanten sind natürlich alles ehrbare Leute.«

»Das will ich hoffen«, sagte Jules. »Erklär mal: Wie läuft das hier mit der Cognac-Herstellung? Bei uns im Süden werden Trauben verwendet und bei euch tatsächlich auch Kirschen?«

»Unter anderem, ja. Aber das Brennverfahren ist das gleiche wie für euren Cognac oder Malzwhisky. Das Obst wird vergoren und gelagert. Dann wird in zwei Destillationsverfahren das fertige *Eau de vie* hergestellt. Der erste Durchgang liefert einen recht leichten Alkohol, während beim zweiten Brennen hochprozentiger entsteht. Nur der Mittellauf wird verwendet, und bei der Auswahl des *Cœur* zeigt sich die ganze Kunst des Brenners.«

»Das klappt?«

»Na ja, nicht immer. Beeren, denen es am nötigen Zucker mangelt, werden nur einmal gebrannt und in einem Tresterschnaps ausgezogen, aber der ist auch nicht übel.« Er schnippte mit dem Finger. »Apropos Schnaps. Da haben wir einige ungewöhnliche Spezialitäten zu bieten, zum Beispiel Branntweine aus Weißdorn, Hagebutte, Enzian, Wacholder oder Kreuzkümmel. – Sind Kinder eingeladen?«

»Willst du die etwa auch an den Alkohol heranführen?«, fragte Jules mit vorwurfsvollem Blick.

»Bei uns ist es früher üblich gewesen, quengeligen Kindern bei Festen ein Zuckerstückchen zu geben, das man vorher in ein Gläschen Quitten- oder Mirabellenschnaps getaucht hat. *Un canard*, eine Ente, haben wir das genannt.«

»*Un canard* für die Kleinen wird es bei uns ganz sicher nicht geben«, sagte Joanna entschieden, »es sei denn, kross gebraten auf dem Teller.«

»Nichts Neues?«, hörte Joanna Jules fragen, als er kurz darauf mit Alicia telefonierte. Inzwischen standen sie vor der *Auberge de la Cigogne*, wo sie mit Clotilde verabredet waren.

»Die Durchsuchung von Gauchets Wohnung hat also nichts ergeben, schade. Aber davon sollten wir uns nicht entmutigen lassen«, redete Jules weiter. »Gut möglich, dass er die Tatwaffe doch im Pfarrhaus zurückgelassen hat, seiner alten Wirkungsstätte. Wir werden *Pasteur* Moser bitten, dass wir uns dort einmal umsehen dürfen. Ich habe da einige infrage kommende Figuren auf dem Sims stehen sehen. Und sonst? Gauchet hat sich einen Anwalt genommen? Wen denn? Oh, *Avocat* Raymond Lefèvre. Ein guter Mann – gut für den Beschuldigten. Das bedeutet: Wir müssen uns ranhalten!«

Die Wirtin erwartete sie in der Küche, wo es bereits verführerisch roch.

»Und?«, fragte Jules. »Ist es Ihnen gelungen, eine Speisefolge zu finden, die auch bei den Besuchern aus dem Süden Anklang findet?«

Clotilde betrachtete ihn abschätzig. Dann sagte sie: »Mein Mann Pierre und ich sind in uns gegangen. Dass wir den ganzen Küchenbetrieb umstellen und versuchen, so zu kochen, wie es in der Provence oder in Bordeaux üblich ist, kommt nicht infrage.«

»Nicht?« Jules sah einigermaßen fassungslos aus.

»Nein, denn das können wir gar nicht, die Gäste aus dem Süden wären zwangsläufig enttäuscht«, sagte Clotilde und verschränkte die Arme vor der stattlichen Brust. »Deshalb haben wir uns überlegt, wie wir sie trotzdem zufriedenstellen können. Wie wir ihnen das bieten, was sie nicht missen möchten, aber eben auf unsere eigene Art und Weise.«

»Ich bin gespannt …«

»Was will Ihre Familie? Fisch statt Wurst? Kann sie haben! Pierre zaubert ihnen auf seinem Grill *Croustillant de Sandre au Foie gras, Pain d'Epioes et Poêle de Légumes*, knuspriges Zanderfilet mit Lebkuchen-Stopfleber und Gemüsepfanne. Oder *Dos de Cabillaud à la Planche*, in Olivenöl gebratener Kabeljau. Auch einen Fischauflauf bekommen wir hin: *Matelote de Poissons et ses Spaetzeles*.« Ehe Jules dazwischenkam, redete Clotilde weiter: »Oder Huhn. Jeder anständige Franzose isst Huhn, auch die aus dem Süden. Pierres *Poulet au Riesling* ist weit und breit das beste, Sie haben es ja bereits probiert. Und wer nicht auf eine Pastete verzichten will, bitte sehr, selbst das können wir bieten: *Pâté en Croûtes chaud Mai-*

son avec Crudités, unsere hausgemachte Fleischpastete, warm serviert.«

»Das hört sich ja alles sehr verführerisch an, aber ...«

Clotilde erhob den Zeigefinger. »Kein Aber! Es geht Ihnen um den Wein? *Ce n'est pas un problème.* Den *Pinot noir* gibt es auch als Rosé. Und jetzt behaupten Sie nicht, dass unser *Crémant d'Alsace* nicht mit Champagner mithalten kann! Wir bauen ihn auf unserem eigenen Weinberg aus, verwenden dafür 30 Prozent *Pinot gris*, 60 Prozent *Pinot Blanc* und ein paar Handvoll *Pinot noir* von 50-jährigen Reben in Hanglage. Die Trauben werden gleich nach der Lese samt Stielen und Rappen gepresst und gekühlt, damit gelingt es am besten, die Frische und Säure der Frucht zu erhalten. Bevor der Most durchgegoren ist, stoppen wir den Prozess, auf diese Weise bekommen wir einen süßlichen Grundwein mit ungefähr elf Prozent Alkoholgehalt. Erst ein halbes Jahr später füllen wir den Grundwein zur zweiten Gärung in Flaschen ab. Je langsamer sie verläuft, desto feiner sind die Perlen, die sich bilden. Es folgt ein weiteres Jahr auf dem Hefelager, in dem der Schaumwein seiner Vollendung entgegenreift.«

Schon hielt sie eine schlanke Flasche in den Händen, die sie gekonnt entkorkte und eingoss. »Mehr Cremigkeit, Schmelz und Finesse gehen nicht«, behauptete sie und reichte Jules den Kelch mit goldener Flüssigkeit.

Joanna bekam ebenfalls ein Glas und prostete Jules zu. »Das hört sich doch gar nicht schlecht an, *mon chéri*.«

Doch Jules' Minenspiel verriet seine Skepsis. Das sah auch Clotilde, nahm ihm den Sektkelch wieder ab und dirigierte ihn zu einer breiten Arbeitsplatte mit Messerblock und anderen Küchenutensilien.

»Sehen Sie selbst, *Monsieur le Commissaire*«, sprach die Wirtin Jules wie üblich mit dem falschen Dienstrang an. »Ist das nicht ein prächtiges Exemplar von einem Saibling? Frisch gefangen aus der Lauch und ausgenommen wartet er darauf, von mir für Sie zubereitet zu werden.«

Joanna stellte sich neben Jules und betrachtete den gut gewachsenen Fisch, dessen schwarz und silbrig changierende Schuppenhaut von rosafarbenen Sprengseln durchzogen war. Clotilde hatte ihn auf einem massiven, hölzernen Schneidebrett drapiert und daneben gemischte Gartenkräuter gelegt, darunter Kerbel, Dill, Schnittlauch und Zitronenmelisse. Auch eine Handvoll kleine Chilischoten lag griffbereit auf der Arbeitsplatte.

Während Clotilde damit begann, die Kräuter und Chilischoten unter sprudelndem Wasser zu waschen und anschließend trocken zu schütteln, erklärte sie: »Die Kräuterblätter und Schnittlauchhalme hacke ich ganz fein, dann reibe ich einen Teelöffel Schale von einer Zitrone und schneide diese in dünne Scheiben. Jetzt entkernen wir die Chilis, hacken sie ebenfalls klein und vermischen sie mit den Kräutern und der Zitronenschale.«

Als Nächstes zog sie ein großes Stück Alufolie von der Rolle und strich es großzügig mit Butter ein. Nachdem sie den Fisch gewaschen und abgetupft hatte, schnitt sie ihn auf jeder Seite drei bis vier Mal ein, salzte und pfefferte ihn innen wie außen und rieb ihn mit gut der Hälfte der Chilikräuter ein. Sie legte den Fisch mittig auf die Folie und gab die restlichen Kräuter und eine ganze Chilischote in die Bauchhöhle. Zuletzt verteilte sie einige Butterflocken darauf und verschloss die Folie um den Fisch. »Pierre legt den Saibling auf den Grill, von jeder Seite fünf bis sieben Minuten, dann ist er durch. Zum Servieren verteile ich die Zitronenscheiben darauf. Lassen Sie uns solang über die Desserts sprechen: *Tartes aux Fruits, Crème brûlée* und *Île Flottante* sind Standard, ich würde aber auf jeden Fall auch einen Apfelstrudel dazustellen, für die hiesigen Gäste. Und natürlich ein *Assortiment de Fromages*.«

LE NEUVIÈME JOUR
DER NEUNTE TAG

21

Jules wusste nicht, wo ihm der Kopf stand. Bloß noch ein Tag bis zur Hochzeit, und es gab noch so vieles, um das sie sich kümmern mussten. Aber heute musste er die Freizeitkleidung wieder gegen seine Uniform tauschen, denn der potenzielle Doppelmord stand dicht vor der Aufklärung. Also ließ er Joanna nach einem hastigen Frühstück zurück, um nach Saint-Jacques-le-Majeur zu fahren, wo er sich mit Noël verabredet hatte.

»Was soll ich machen, wenn die Gäste aus Royan eintreffen?«, rief Joanna ihm nach, als er schon im Flur stand.

Charles hatte sich endlich durchgerungen, die Bahnreise für sich, die Tanten, Onkel und Cousins zu buchen. Wurde auch allerhöchste Zeit. Am Nachmittag wollten sie eintreffen, untergebracht waren sie in Clotildes *auberge*.

»Gar nichts«, rief Jules zurück. »Ich habe Charles gesagt, dass wir sie abends gern zum Flammkuchenessen einladen können, bis dahin müssen sie sich selbst beschäftigen. Du musst dich nicht kümmern, ruh dich lieber aus und leg die Beine hoch.«

»Von wegen ausruhen! Als ob es nicht noch genug zu tun gäbe!«

Noël war nicht allein: Als Jules bei der alten Wehrkirche ankam, sah er den Kastenwagen der Spurensicherung in der Einfahrt parken. Die Kollegen hatten sich mitsamt ihrer Ausrüstung im Pfarrhaus breitgemacht. *Pasteur* Moser stand etwas ratlos in der Tür und schien unschlüssig zu sein, ob er die Polizisten einfach machen lassen sollte oder um sein Hab und Gut bangen musste.

»Ihre Leute sind schon seit einer halben Stunde da«, sagte der Pfarrer, nachdem sie sich begrüßt hatten. »Besonders mitteilsam sind sie allerdings nicht.«

»Was möchten Sie denn wissen?«, fragte Jules und folgte Moser durch den abgedunkelten Flur.

»Zum Beispiel, nach was genau Sie suchen. Ich habe nichts dagegen, dass die Polizei weitere Nachforschungen anstellt, auch wenn dafür – denke ich – normalerweise ein Durchsuchungsbefehl vorgelegt werden müsste.«

»Wenn Sie nichts dagegen haben, dass wir uns bei Ihnen umschauen, können wir uns den Papierkram auch sparen, oder?«, entgegnete Jules und erläuterte: »Es verdichten sich die Hinweise, dass Melissa Langlois und Raphaël Hauenstein im Pfarrhaus oder der unmittelbaren Umgebung gestorben sind. Wir hoffen nun, auf Indizien zu stoßen, die das belegen.«

»Nach so vielen Jahren?«, zeigte sich Moser verwundert. »Was soll man da noch finden?«

»Sie werden jetzt denken, dass inzwischen Hunderte Male saubergemacht, gesaugt und nass ausgewischt worden ist, aber glauben Sie mir: Mit den Mitteln der modernen Kriminaltechnik lassen sich selbst nach all der

Zeit noch Hinterlassenschaften finden, die uns weiterhelfen können. Winzige Blutspritzer zum Beispiel. Die reichen im Allgemeinen aus, um daraus ein genetisches Profil zu erstellen.«

»Wenn Sie das sagen …«

»Keine Sorge, die Kollegen machen schon nichts kaputt«, versicherte Jules. »Das würde nämlich jede Menge Scherereien und Ärger mit der Versicherung nach sich ziehen. Unser Chef, Capitaine Debré, würde denen die Hölle heißmachen.«

»Die Hölle lassen wir lieber außen vor«, entgegnete der Geistliche und rang sich ein Lächeln ab. »Also haben Sie meinen Vorgänger unter Verdacht? Im Radio lief ein Bericht darüber. Der Name Gauchet ist nicht gefallen, aber ich weiß natürlich, wer gemeint ist.«

»Wir ermitteln momentan in alle Richtungen«, blieb Jules vage und fragte: »Stammt die Einrichtung des Gebäudes komplett von Ihnen oder haben Sie einiges übernommen?«

»Das meiste sogar, von mir kommen nur persönliche Dinge wie Bücher und meine Schallplattensammlung.«

»Und die Heiligenfiguren?«

»Auch nicht, ich selbst besitze nur eine Applikation, die steht neben meinem Bett auf dem Nachttisch. Alle anderen sind schon dagewesen, als ich eingezogen bin.«

»Sie gehörten also Gauchet?«

»Nein, ich denke, die meisten sind noch älter. Sie wurden von Pfarrer zu Pfarrer weitergegeben.«

Wie aufs Stichwort stürmte Noël aus dem Kaminzimmer, in der behandschuhten Hand eine der hölzernen Skulpturen wie eine Trophäe schwenkend. »Mission erfüllt!«, rief er mit einem für ihn untypischen Überschwang.

Jules kannte die Marienstatue: Er hatte die sicherlich schon viele Jahrzehnte alte Figur beiläufig wahrgenommen, als er mit Joanna hier gewesen war. Die Bemalung verblasst und stellenweise abgeplatzt, das Holz spröde und am Sockel rissig, strahlte das Bildnis dennoch Frömmigkeit und erhabene Würde aus, was wohl hauptsächlich an der feinen Ausgestaltung des Gesichts der Maria lag.

»Bitte seien Sie vorsichtig damit«, ermahnte Moser Noël mit besorgtem Ton. »Diese Figuren sind zerbrechlich.«

»Das werde ich«, versicherte Noël. »Aber Sie müssen einige Zeit auf das Bildnis verzichten, ich werde Ihnen diese Madonna entführen.«

Moser hob zu einem Protest an.

»Ich habe einen Spezialbehälter mitgebracht, in dem die Figur den Transport unbeschadet überstehen wird«, bekräftigte Noël. »Das heißt: Mindestens einen Schaden hat sie ja bereits. Es scheint, als hätte sie einen Sturz aus etwa einem Meter Höhe hinter sich – oder sie wurde als Knüppelersatz verwendet. Dafür spricht die spezifische Form einer eingedrückten Kerbe, die übrigens perfekt zur Verletzung eines der Opfer passt.«

»Sie meinen …«, setzte Moser an und deutete auf die hölzerne Statue in Noëls Hand.

»Er meint, die Tatwaffe gefunden zu haben«, vollendete Jules den Satz und war sehr zufrieden mit Noëls Arbeit. Damit würden sie Gauchet endgültig festnageln. »Wie stehen die Chancen auf Blut, Gewebereste oder Faserspuren?«, erkundigte er sich.

»Gut«, antwortete Noël ohne jedes Zögern. »Die Bedingungen sind perfekt. Die Skulptur lagerte trocken, weitgehend lichtgeschützt und bei mittleren Temperaturen, wurde wahrscheinlich selten angefasst und kam höchstens ab und zu mit einem Staubwedel in Berührung. Außerdem: Der Splitter, den ich in Melissas Schädel fand, ist außerdem aus dem gleichen Holz. Ich bin zu 99 Prozent sicher, dass ein Vergleich im Labor die Zusammengehörigkeit bestätigt. Und das Beste ...« Er legte ein breites Grinsen auf.

»Das Beste?«, fragte Jules.

Der emsige Gerichtsmediziner hielt die Schnitzerei so, dass sie ganz dicht vor Jules' Augen schwebte. »Siehst du die dunkle Verfärbung rings um die Bruchkante? Ich habe bereits einen Schnelltest vorgenommen: Es ist Blut, sehr wahrscheinlich menschliches. Näheres wird auch dazu das Labor liefern, trotzdem gehe ich schon jetzt jede Wette ein, dass wir unsere Tatwaffe gefunden haben.«

»Wie lange wird das Labor brauchen? Wann werden wir definitiv wissen, ob es sich wirklich um die Tatwaffe handelt?«

Noël zwinkerte ihm zu: »Heute! Ich werde damit umgehend nach Colmar fahren – denn morgen habe ich schon etwas anderes vor.«

Ja, dachte Jules. Noël stand auf der Gästeliste für die Hochzeit.

Jules vernahm, wie *Pasteur* Moser neben ihm schluckte. »Sie gehen also wirklich davon aus, dass damit dieses junge Paar erschlagen worden ist? Eine entsetzliche Vorstellung.«

»Zumindest eines der Opfer: Melissa Langlois«, präzisierte Noël. »Bei Raphaël Hauenstein möchte ich mich noch nicht festlegen.«

»Ist Ihnen die Beschädigung am Sockel denn nie aufgefallen?«, erkundigte sich Jules.

»Offen gesagt: nein.« Moser beugte sich vor, um besagte Stelle näher zu betrachten. »Die Figuren stehen dort, seit ich das erste Mal Saint-Jacques-le-Majeur besucht habe. Sie werden nicht einmal bewegt, wenn meine Haushälterin ihren Putztag hat, denn sie geht nur mit dem Wedel drüber.«

»Genau wie ich sagte«, sah sich Noël bestätigt. »Wenn es Ihnen nichts ausmacht, nehmen wir Ihre Fingerabdrücke ab, *Pasteur*«, bat er den Pfarrer. »So können wir diese von vornherein ausschließen bei unseren Untersuchungen.«

Hochzufrieden ging Jules zurück zu seinem Wagen, stieg ein und pfiff vergnügt. Auch wenn die Umstände, die zum Tod eines Menschen und diesmal sogar dem von zwei Menschen führten, niemals amüsant oder auf irgendeine Weise erheiternd waren, klarte seine Laune mehr und mehr auf. Sie hatten den richtigen Mann geschnappt, alles Weitere würde sich von nun an von selbst regeln. Seiner Hochzeit und diese unbeschwert zu feiern, stand nichts mehr im Wege.

Er hatte gerade den Motor gestartet, als sich Alicia über Funk meldete.

»Wir haben einen anonymen Hinweis erhalten«, sagte sie und klang nachdenklich.

»Was denn für einen Hinweis?«, fragte er. »Telefonisch? Konntet ihr die Nummer nicht feststellen?«

»Nein, jemand hat ganz altmodisch einen Brief eingeworfen. Sicher könnte man ihn analysieren und feststellen, um wen es sich bei dem Verfasser oder der Verfasserin handelt, aber vielleicht sollten wir uns erst einmal um den Inhalt kümmern.«

»Und der wäre?« Jules merkte, wie sich seine gute Laune eintrübte.

»Es geht um den Citroën XM, das Oberklasse-Modell mit Hydropneumatik und V6-Benziner unter der Haube.«

»Du sprichst von dem Wagen, den Melissa und Raphaël fuhren?«, erahnte Jules.

»Richtig: der Wagen, der seit ihrem plötzlichen Verschwinden ebenfalls wie vom Erdboden verschluckt war. Nun gibt es eine Spur.«

22

Joanna neigte nicht zu großartigen Gefühlsausbrüchen und schon gar nicht zu Sentimentalität. Trotzdem standen ihr jetzt die Tränen in den Augen, als sie im Brautmodenladen in ihr Kleid schlüpfte, um die Änderungen zu inspizieren. Als sie sich im Spiegel sah, wurde ihr klar, was der morgige Tag für sie und ihr künftiges Leben bedeutete. Sie wäre dann eine verheiratete Frau und bald auch Mutter. Ausgerechnet Joanna, die freiheitsliebende Einzelkämpferin. Doch sie wollte es so, und die Tränen, die ihr über die Wangen liefen, kündeten von freudiger Ergriffenheit und nicht von Bedauern oder dem Nachtrauern der alten Zeiten. Höchstens ein kleines bisschen.

»Alles zu Ihrer Zufriedenheit?«, erkundigte sich die Verkäuferin, die die Tränen wohl nicht ganz deuten konnte.

Ja, dachte Joanna, alles perfekt. Zu einer letzten Kontrolle drehte sie sich um die eigene Achse. Dabei stieß sie mit einer anderen Frau zusammen, die vor einem der Spiegel neben ihr stand. Auch sie eine Braut. Gute fünf oder mehr Jahre jünger als Joanna – und in einer atemberaubenden Robe. Ob Joanna sich zu voreilig für ihr eher schlicht gehaltenes Modell entschieden hatte?

Der Verkäuferin fiel ihr etwas neidischer Blick auf.

Sie stellte sich dicht neben sie und sagte leise: »Unsere neueste Kollektion: eine atemberaubende Rock-Oberteil-Kombination. Das kurze Seidentop im Retrolook und der Turban sind himmlisch, finden Sie nicht auch? Ja, unser Modell *Annabell* ist etwas ganz Besonderes. Empiretaille, filigrane Flügelträger – das hat schon was. Gefallen Ihnen der verspielte Tüll und die Spitzenmotive?«

Joanna konnte ihren Blick gar nicht mehr von der anderen Braut in ihrem Designer-Kleid lassen. Noch dazu war nicht nur das Kleid ein Traum, sondern auch die junge Frau an sich: eine tolle Figur und ein jugendlich hübsches Gesicht. Joanna mit ihrem Babybauch kam sich mit einem Mal vor wie ein hässliches Entlein.

»Die figurbetonte Silhouette mit ihrer Mixtur aus Transparenz und Cut-outs zeigt sich anmutig und betörend«, redete die Verkäuferin weiter. »Wenn Sie sich umentscheiden möchten und auf dieses Modell wechseln wollen – noch ist es nicht zu spät. Wir hätten eines in Ihrer Größe vorrätig. Wir müssten dann allerdings beide Modelle in Rechnung stellen wegen der bereits vorgenommenen Änderungen.«

Die Verunsicherung wuchs, und Joanna wusste nicht mehr ein und aus. Auch das war völlig untypisch für sie. Ob dieses Gefühlschaos an der Schwangerschaft lag? An den Hormonen? Stimmungsschwankungen konnten vorkommen, hatte ihre Frauenärztin sie gewarnt.

»Entschuldigen Sie mich«, rang sich Joanna ab und wandte sich ab. »Ich muss kurz an die frische Luft.« Ohne jede weitere Erklärung verließ sie den Laden und blieb auf dem Bürgersteig stehen. Damit zog sie die Aufmerksamkeit einiger Schulkinder auf sich, die gerade vorbeikamen.

»Uiii, so eine schöne Braut!«, rief ein Mädchen und machte große Augen.

Balsam für Joannas angeschlagene Psyche. Dankbar lächelte sie der Kleinen zu.

Ihr Telefon klingelte. Joanna wischte sich die letzten Tränen aus dem Gesicht und holte das Handy aus der Handtasche. Es war Jules.

»Störe ich gerade?«, erkundigte er sich.

»Nein, im Gegenteil, ich brauche dringend etwas Abwechslung.«

»Okay …«, sagte er dermaßen betont, als würde er aus ihrer Stimmlage erkennen, dass es ihr gerade nicht gut ging. Doch er fragte nicht nach. »Es gibt möglicherweise eine neue Wendung.«

»In Bezug auf *Pasteur* Gauchet?«

»Nein, jedenfalls sehe ich da bisher keine Verbindung. Wir haben einen anonymen Brief erhalten. Darin wird behauptet, dass ein gewisser Alexander Krueger am vermuteten Todestag von Melissa Langlois und Raphaël Hauenstein in deren Auto gesessen haben soll. Und zwar in der Nähe von Saint-Jacques-le-Majeur. Du weißt ja: Nach dem Fahrzeug ist damals gefahndet worden, es galt als unauffindbar.«

»Oha!«, entfuhr es Joanna. »Ein neuer Player? Was ist über diesen Alexander Krueger bekannt? Hat er etwas mit dem Speditionsunternehmen Krueger zu tun? Es ist das größte in Colmar und Umgebung.«

»Ja, hat er«, bestätigte Jules. »Er ist der Boss.«

»Dann bin ich ihm schon bei einem Empfang im Rathaus begegnet. So um die 40, eine gepflegte Erscheinung.«

»Mag sein, ich hatte noch nicht das Vergnügen. Aber das werden wir schleunigst nachholen. Mal sehen, was er dazu zu sagen hat, dass er angeblich den Wagen zweier Toter durch die Gegend kutschiert haben soll.«

»Da bin ich gespannt, zumal ich nicht weiß, welchen Bezug Krueger zu den Opfern gehabt haben soll.« Nach kurzem Überlegen fügte sie hinzu: »Es besteht natürlich die Möglichkeit, dass sich die unbekannte Augenzeugin oder der Zeuge getäuscht hat und Krueger nur ein ähnliches Auto benutzte. Oder aber Krueger hat mit all dem nichts zu tun, und die Verfasserin oder der Verfasser will ihm bloß eins auswischen.«

»Glaube ich nicht, denn woher sollte sie oder er überhaupt von dem Wagen wissen? In der Zeitung steht nichts darüber, und dass damals nach dem Fahrzeug gefahndet wurde, hat man doch heute nicht mehr im Kopf, oder? Wie auch immer: Ich rede mit Krueger.«

»Tu das«, riet Joanna.

Sie atmete tief durch und ging zurück in den Laden, entschlossen, bei ihrer ursprünglichen Kleiderwahl zu bleiben.

23

Jules fuhr ins Industriegebiet von Colmar. Die Nachmittagssonne stand tief, als er gemeinsam mit Alicia das Gelände der *Spedition Alexander Krueger* erreichte. Um eine weitläufige Halle mit Laderampen verteilten sich etwa ein Dutzend Lastzüge. Die Planen trugen den geschwungenen Namenszug des Inhabers: »Krueger – transports internationaux«.

Sie fragten sich zum Chef durch und trafen ihn in einem Büro an, das unmittelbar an die Halle grenzte. Zwischen Aktenschränken und Vitrinen mit Lkw-Modellen saß ein mittelalter Mann an einem Schreibtisch, der unter der Last von weiteren Akten und Papierstößen ächzte. Krueger tippte auf eine Computertastatur ein und wirkte ungehalten über die Störung so kurz vor Feierabend. Dann aber erkannte er die Uniformen und wandte sich seinen unangemeldeten Besuchern zu.

Entgegen Jules' erstem Eindruck, der ihn in Krueger einen grobschlächtigen, vom Job gehärteten Speditionsboss sehen ließ, trat Krueger nun durchaus freundlich und charmant auf.

»Setzen Sie sich«, bat Krueger sie in eine Nische mit vier breiten Ledersesseln mit niedrigen Lehnen. »Was kann ich für Sie tun? Handelt es sich um die Übertretung der Zeiten eines unserer Kraftfahrer? Ich weiß, dass Ihre Kollegen den Fahrtenschreiber kontrolliert und beanstandet haben, aber Ibrahim hat mir versichert, dass er die Ruhezeiten eingehalten hat. Das Gerät muss defekt sein, unsere Werkstatt überprüft das gerade.«

»Nein, nein, wir sind aus einem anderen Grund gekommen«, erklärte Alicia, worauf es Jules übernahm, Krueger über den anonymen Hinweis in Kenntnis zu setzen.

Dieser hörte aufmerksam zu und kräuselte die Stirn. »Eine abenteuerliche Behauptung«, sagte er schließlich. »Ich soll den Wagen von diesen beiden jungen Leuten gefahren haben? Melissa Langlois und Raphaël Hauenstein hießen Sie, habe ich das richtig verstanden? Und das Ganze soll fast zehn Jahre her sein?«

»Ja, neun Jahre, und ja, so lauteten ihre Namen«, bestätigte Alicia. »Kannten Sie sie?«

»Nein, überhaupt nicht«, antwortete Krueger. »Weder die Frau noch den Mann. – Sind das etwa die beiden, deren Skelette bei der alten Kirche gefunden wurden? Die Presse kennt ja kaum mehr ein anderes Thema.«

»Das trifft zu«, sagte Jules und taxierte sein Gegenüber. Ihm fiel auf, dass Krueger einen eleganten, recht teuer aussehenden Anzug trug. Eigentlich viel zu chic für einen Arbeitstag im Büro eines Fuhrparks. Auch seine gepflegten Hände wollten nicht so recht zu dem Berufsbild passen, denn auch der Chef eines Speditionsunternehmens musste sich sicher mal die Finger schmutzig machen.

»Diese Frau – es ist doch eine Frau, die mich erkannt haben will, richtig?«, erkundigte sich Krueger.

»Das Schriftbild spricht für eine weibliche Verfasserin, sagen unsere Grafologen, also wahrscheinlich ja«, antwortete Alicia.

Krueger kratzte sich am Kopf. »Diese Frau behauptet, mich im Wagen der beiden Toten gesehen zu haben? Am Tag, als das Paar gestorben ist?«

»So ist es«, sagte Jules. »Sie fuhren aus Richtung Saint-Jacques-le-Majeur kommend und fielen ihr auf, weil Sie mit hoher Geschwindigkeit unterwegs waren.«

»Wie will mich die Frau erkannt haben, wenn ich – wie Sie sagen – sehr schnell an ihr vorbeigefahren bin?«

»Sie sind eine bekannte Persönlichkeit im Raum Colmar«, sagte Alicia. »Das galt auch schon vor zehn Jahren.«

Krueger schüttelte den Kopf. »Und das Auto? Wie konnte diese Frau wissen, dass es nicht meines gewesen ist, sondern das des toten Paares?«

»Das wissen wir nicht«, antwortete Alicia. »Wir gehen davon aus, dass die Verfasserin der Nachricht es entweder bereits kannte oder sich später erinnerte, als nach Melissa Langlois und Raphaël Hauenstein gesucht und ein Foto des Wagens veröffentlicht wurde.«

»Das klingt wie an den Haaren herbeigezogen«, meinte Krueger. »Ich habe nicht die geringste Ahnung, wer Ihre anonyme Informantin ist und was sie mit ihrem Brief bezweckt, aber ich kann Ihnen versichern, dass ich mit den zwei Opfern nie etwas zu tun gehabt habe. Sie kamen, soviel ich weiß, nicht aus meinem Gewerbe, und auch privat gab es da keinerlei Verbindung.«

»Grundlos wird die Absenderin nicht zu Stift und Papier gegriffen haben«, gab Alicia zu bedenken.

»Mir fällt aber kein Anlass ein«, entgegnete Krueger. »Ich kann mich nur wiederholen: Diese beiden Toten standen in keinerlei Verbindung zu mir oder meinem Unternehmen, denn wir beliefern keine Privatkunden.«

Jules sah ein, dass sie so nicht weiterkommen würden. Denn entweder wusste ihr Gesprächspartner wirklich nichts, oder er verstand es, überzeugend die Unwahrheit zu sagen. Eine letzte Frage brannte ihm allerdings noch unter den Nägeln: »Können Sie einen Bagger bedienen? Einen Kleinbagger, so wie er zum Beispiel von Gartenbaubetrieben eingesetzt wird?«

Krueger sah ihn verdutzt an. »Stapler«, sagte er nach kurzem Nachdenken. »Wir haben hier bloß Gabelstapler.«

»Er ist schwul«, sagte Alicia, als sie wieder im Wagen saßen.

»Wie? Wer?« Jules blickte irritiert zu ihr herüber.

»Hast du Kruegers Parfum nicht gerochen? Und dann dieser feine Zwirn und die gestriegelten Haare. Der steht auf Männer.«

»Hey, was sollen diese sexistischen Bemerkungen!«, protestierte Jules. »Erstens kannst du aus seinem Auftreten nicht solche Schlüsse ziehen, und zweitens geht uns das nichts an.«

»Aber im Hinterkopf behalten sollten wir das schon«, fand Alicia.

»Warum? Wie sollte uns das weiterbringen?«

»Na ja, ich habe mir überlegt: Wenn er die beiden auf dem Gewissen hat, handelte es sich vielleicht um eine Eifersuchtstat.«

»Also Krueger war unglücklich in Melissa verliebt?«

»Eben nicht! Wenn er gay ist, stand er wahrscheinlich

auf Raphaël. Dazu passt, dass Melissa die Wundmerkmale der Madonnenfigur trug und nicht Raphaël. Ergo: Krueger erschlug seine Widersacherin mit der Holzfigur. Als Raphaël dazwischengehen wollte, schubste er ihn, Raphaël fiel und verletzte sich tödlich.«

»Du hast eine blühende Fantasie«, lachte Jules. »Jetzt brauchst du mir bloß noch zu verraten, warum sich das Drama in Saint-Jacques-le-Majeur abgespielt hat und nicht auf dem Speditionsgelände. Was soll Krueger mit der Kirche zu schaffen haben?«

»Das kriege ich schon noch raus.«

»Aber bitte schön allein. Ich habe morgen nämlich etwas anderes vor.«

24

Die beiden Leibwächter, ein kompakter Glatzkopf vom Typ Bodybuilder und eine schlanke Schwarzhaarige mit wachsamem Blick, hielten sich dezent im Hintergrund, während Ex-Minister Eric Duval gemeinsam mit Jules und seinem Vater Charles an der Bar der *Brasserie Georges* saß. Alle drei hatten ein Bier vor sich stehen, was zumindest für Rotwein- und Cognac-Trinker Charles ungewöhnlich anmutete. Ein Tribut an Jules und dessen Wahlheimat? Nein, es sah ganz danach aus, als würde sein Vater die Abwechslung zu schätzen wissen.

»Es ist mir eine besondere Ehre«, eröffnete Eric das Gespräch und strich sich das sorgsam gestutzte graue Haar zurecht. Seine listig-schlauen Augen taxierten Jules durch die Gläser einer sicherlich sündhaft teuren Markenbrille. »Eine Ehre, dass du ausgerechnet mit uns zwei alten Zauseln deinen Junggesellenabschied feierst.«

Jules lachte auf. »So war das eigentlich nicht geplant. Ich dachte eher an eine gemütliche Plauderrunde, bevor es morgen rund geht, und dafür seid ihr zwei mir doch die Liebsten.«

Charles klopfte ihm auf die Schulter. »Schon recht. Ich weiß, dass das hier eher eine Pflichtveranstaltung für dich ist. Sicher hat Joanna dich dazu verdonnert, dich um uns zu kümmern. Damit wir nur ja nicht auf dumme Ideen kommen.«

»Was sollten das denn für Ideen sein?«, fragte Jules und zeigte Wirt Georges mit drei Fingern an, dass er die nächste Runde servieren konnte.

»Zum Beispiel könnten wir uns mal wieder aus dem Staub machen«, sagte Eric mit einem Seitenblick auf seine beiden Wachhunde.

»Bloß nicht!«, entgegnete Jules, der ja wusste, wie gern sich der Ex-Politiker aus den Fängen seiner Aufpasser befreite, um die wenigen Momente der Freiheit zu genießen, die ihm blieben, bis ihn die Bodyguards eingeholt hatten. Bei seinem letzten Besuch in Colmar war dieser Spaß gründlich danebengegangen. Jules mochte gar nicht daran zurückdenken.

»Dass die Regierung dich immer noch beschützen lässt, ist mir ein Rätsel«, sagte Charles zu seinem alten Freund, der im Haus neben ihm aufgewachsen war und mit dem er gemeinsam die Schulbank gedrückt hatte. »Die Terroristen, die es in deiner aktiven Zeit auf dich abgesehen haben könnten, müssten doch längst im Altenheim stecken.«

»Ich halte diesen Aufwand auch nicht für notwendig«, bestätigte ihm Eric. »Aber ich fürchte, aus der Nummer komme ich erst wieder heraus, wenn ich im Sarg liege. Die Politik, die Giscard und ich verantwortet hatten, wirkt bis heute nach, meinen diejenigen, die das zu entscheiden haben. Also behalten wir unsere Schutzengel.« Er nahm sein Bierglas und prostete den Leibwächtern zu, die ihrerseits ihre Wassergläser hoben.

Damit war das Stichwort gefallen: Politik. Von der allgemeinen Lage in Frankreich kamen sie bald auf die Besonderheiten von Elsass und Lothringen zu sprechen.

Eine Region, die nach Erics Aussage der Zentralregierung in Paris stets ein besonderes Augenmerk abverlangte. »Das liegt allein schon an der Historie und den Unterschieden in der Mentalität«, erklärte er und fügte hinzu. »Umso erstaunlicher, wie schnell du dich in die alemannische Lebensart eingewöhnt hast.«

»Alemannisch?«, fragte Jules, für den seine Mitbürgerinnen und Mitbürger hier ganz normale Franzosen waren wie sonst überall im Land.

»Ja, Alemannen sind Badener, Elsässer, Schweizer, Liechtensteiner, Vorarlberger, sogar die Norditaliener lassen sich da einordnen«, dozierte Eric. »In meiner Zeit war die Integration noch längst nicht abgeschlossen. 1973 wurde aus den Départements Haut-Rhin und Bas-Rhin die Region Alsace geschaffen, ein Entgegenkommen, um die Fürsprecher der Eigenständigkeit zufriedenzustellen. 1976 erhielt der Landesteil eine kulturelle, allerdings keine sprachliche Autonomie.«

»Ganz genau«, sagte Jules. »Auch für die deutschsprachigen Elsässer gilt das Französische als alleinige Amts- und Schulsprache. Es gibt keinerlei Probleme damit, zumal die Zahl der Einheimischen, die heute noch den deutschen Dialekt beherrschen, seit Jahren rückläufig ist. Außerdem leben inzwischen viele eingewanderte Menschen französischer und anderer Muttersprachen in dieser Gegend. Das Elsass ist multikulti.«

»Das mag alles stimmen, aber damals, als ich noch am Ruder war ...«

Jules hörte seinem Onkel nur noch mit halbem Ohr zu. Seine Gedanken schweiften ab: Er dachte an die Hochzeit, von der ihn nur noch diese eine Nacht trennte.

Und er dachte an seinen Fall. Noch waren viele Fragen offen, und es fiel ihm schwer, sich – wenn auch nur vorübergehend – aus den laufenden Ermittlungen ausklinken zu müssen.

Um nicht ganz ins Hintertreffen zu geraten, wollte er sich später mit Noël in Verbindung setzen und sich den aktuellen Sachstand geben lassen. Gleich nachdem er Eric und Charles in der *auberge* abgeliefert haben würde, wollte er ihn anrufen. Die Störung am Abend würde Noël ihm gewiss nicht übelnehmen. Der Mediziner tickte ja genauso wie Jules und konnte nach Dienstschluss nicht einfach abschalten. Dazu brachten sie zu viel Leidenschaft für ihren Job mit.

»Wie wäre es jetzt mit einem Schnaps?«, hörte er seinen Vater sagen. »Die Hochprozentigen sind hier doch legendär.«

»Ich bin dabei!«, rief Eric aus – und Jules ahnte, dass der Austausch mit Noël erst zu sehr fortgeschrittener Stunde erfolgen würde.

LE DIXÈME JOUR
DER ZEHNTE TAG

25

Jules lauschte dem Freizeichen, doch niemand nahm den Anruf entgegen. Den Hörer am Ohr, schaute er aus dem Küchenfenster und beobachtete ein Eichhörnchen, das durch den kleinen Vorgarten huschte. Die Sonne ging gerade erst auf. Wahrscheinlich befand sich diejenige, die er zu erreichen versuchte, noch im Land der Träume.

Dann aber ging Alicia doch noch dran. »Jules?«, fragte sie verschlafen. »Weißt du, wie spät es ist? Was willst du?«

»Ich habe mich aus dem Schlafzimmer geschlichen«, flüsterte Jules. »Joanna soll nichts mitbekommen von dem Gespräch. Sag mir nur schnell, ob sich gestern noch etwas ergeben hat.«

»Du hast frei, Jules. Überlass die Arbeit uns und freu dich auf deine Hochzeit.«

»Ja, das mache ich. Später. Aber jetzt rück schon raus damit: Seid ihr an Krueger drangeblieben?«

»Mal langsam, Jules. Es liegt nichts gegen diesen Mann vor, du warst je selbst bei seiner Befragung dabei. Erwartest du, dass über Nacht Wunder geschehen sind? Aber ja, wir bleiben dran. Lehn dich zurück, wir machen das schon.«

»Also kein Fortschritt«, nahm Jules wenig glücklich zur Kenntnis.

»Um 6 Uhr früh? Glaubst du, ich arbeite rund um die Uhr?« Alicia gähnte demonstrativ. »Na ja, eine Neuigkeit gibt es immerhin.«

»Lass hören!«

»Wir haben die Briefeschreiberin ermittelt. Diejenige, die uns auf Kruegers Spur gelenkt hat.«

»Wie ist das denn gelungen, ihre Nachricht kam doch anonym.«

»Die Kamera an der Hauptzufahrt der Gendarmerie hat sie erfasst, als sie den Brief einwarf.«

»Ach, sie hat ihn persönlich bei uns eingeschmissen und nicht mit der Post geschickt? Das wusste ich gar nicht.«

»Ich habe es auch erst gestern erfahren, die Pforte hatte diese Information nicht weitergegeben. Wir haben aus dem Überwachungsvideo ein Bild gezogen, es durch die Suchmaschine gejagt und zwei Treffer gelandet. Die Frau engagiert sich in der Volkshochschule und nahm mal an einer Umfrage teil, so kamen wir auf ihren Namen.«

»Wer ist es denn?«

»Eine gewisse Irmgard Petit.«

»Sagt mir nichts.«

»Mir auch nicht, im Polizeiregister taucht sie nicht auf. Trotzdem habe ich sie gestern Abend noch aufgesucht, nachdem ich ihre Adresse ermittelt hatte. Mittelalt, mittelhübsch, von Beruf Grundschullehrerin. Alleinstehend, lebt in einer Zweizimmerwohnung in der Südstadt.«

»Fleißig, fleißig, Kollegin!«, lobte Jules. »Hat sie dir verraten, warum sie Krueger bei uns angeschwärzt hat?«

»Erst hat sie geleugnet, den Brief überhaupt verfasst zu haben. Sie hat wohl nicht damit gerechnet, dass Besucher der Polizeiwache gefilmt werden.«

»Welchen Grund nannte sie dafür, dass sie uns den Tipp gegeben hat? Und warum kommt der Hinweis auf den Wagen der Mordopfer erst jetzt und nicht schon vor neun Jahren?«

»Sie hat eingeräumt, mit Krueger liiert gewesen zu sein. Ihre Jugendliebe, wie sie selbst sagte. Aber Krueger ließ sie fallen, was sie ihm sehr übelnahm. Sie stalkte ihn, um herauszufinden, ob eine andere dahintersteckte.«

»Und? Gab es eine Rivalin?«

»Nein, aber einen Rivalen, wenn du es so nennen willst. Krueger hatte wohl bemerkt, dass er eigentlich auf Männer steht.«

»Dann hattest du also recht«, erkannte Jules.

»Sowieso!«

»Nannte sie auch den Namen des Herzbuben?«

»Nein, so weit wollte sie nicht gehen. Sie redete sich damit heraus, dass sie Krueger zwar mit einem anderen beobachtet, denjenigen aber nicht erkannt hätte.«

»Nimmst du ihr das ab?«

»Ich weiß es nicht. Könnte sein. Dass sie Krueger erst jetzt, nachdem der alte Fall noch einmal aufgerollt wurde, bei uns gemeldet hat, begründete sie übrigens damit, dass ihre Liebe für ihn inzwischen erkaltet sei und sie sich verpflichtet fühlte, der Polizei zu helfen.«

»Diese Einsicht kommt reichlich spät. Aber immerhin hat sie sich überhaupt gemeldet. Und sonst?«

»Sonst führt mich mein erster Dienstweg ins Labor, wenn du mich lässt und nicht länger aufhältst.«

»Bis gerade eben warst du ja nicht einmal wach. Was willst du im Labor?«

»Die haben das alte Handy noch einmal unter die Lupe genommen, das aus der Gruft. Angeblich sind Fingerabdrücke drauf. Vielleicht die der Opfer, vielleicht führen sie uns aber auch zum Täter. Ich schau mir das mal an.«

»Tu das! Hältst du mich auf dem Laufenden, wenn sich noch etwas ergibt?«

»Nein«, kam es kategorisch zurück.

»Bitte!«

»Nur, wenn es gar nicht anders geht. Kümmere dich jetzt gefälligst um deine Braut!«

26

Nun war er wirklich da, der große Tag! Joanna, die sich einen Wecker gestellt hatte, um vor Jules wach zu sein und das Badezimmer für sich allein zu haben, tastete im Bett nach ihrem Verlobten – doch der Platz neben ihr war leer.

Joanna setzte sich gerade auf und sah sich im Schlafzimmer um. Wo mochte Jules bloß stecken? Konnte er nicht länger schlafen, weil er sich Gedanken über Charles und die anderen Gäste aus Royan machte, die sie in Clotildes *auberge* untergebracht hatten? Oder war seine Nervosität vorm Gang zum Altar doch größer, als er es ihr eingestehen mochte?

Auf leisen Sohlen schlich sie aus dem Schlafzimmer und traf Jules in der Küche an, mit dem Smartphone am Ohr. Galt es noch etwas für die Trauung zu organisieren? Nein, ein kurzes Lauschen reichte ihr, um zu merken, dass es sich um ein dienstliches Gespräch handelte. Damit verstieß Jules gegen eine Regel, die sie sich für den heutigen Tag einvernehmlich auferlegt hatten: keine Ermittlungen, alles sollte sich nur um sie beide und ihre Jaworte drehen. Schließlich gab es den schönsten Tag im Leben nur ein einziges Mal.

»Mit wem sprichst du?«, zischte Joanna Jules zu. »Noël?«

Der zuckte zusammen, drückte das Gespräch weg

und legte das Smartphone beiseite. »Nein, es war Alicia. Mit Noël habe ich gestern am späten Abend noch gesprochen.«

Joanna merkte, wie sie zornig wurde. »Hatten wir nicht etwas ausgemacht?«

»Ja, aber auch dich wird es freuen zu hören, dass Noël richtig lag mit seiner Vermutung: Die Heiligenfigur aus dem Pfarrhaus ist eindeutig als Tatwaffe identifiziert worden, und das Blut konnte Melissa zugeordnet werden.«

»Wie dumm, dass *Pasteur* Gauchet die Figur einfach im Pfarrhaus hat stehen lassen, statt dass er sie mit den Leichen vergrub«, wunderte sich Joanna.

»Er dachte wohl, es könnte auffallen, wenn plötzlich eine der hölzernen Heiligen fehlt«, mutmaßte Jules.

»Und was wollte Alicia? Hat das nicht Zeit bis morgen?«

»Ach, da ging es noch mal um das Handy. Du weißt ja: das alte Ding, das wir zusammen mit den Skeletten gefunden haben.«

»Ich dachte, das wäre nur noch Schrott.«

»Ja, viel ist damit nicht mehr zu machen«, bestätigte Jules. »Aber das Labor hat Fingerabdrücke sichern können. Ich gehe davon aus, dass sie gerade dran sind, sie auszuwerten und abzugleichen.«

»Dabei wird es keine Überraschung geben, oder? Es sind die von Melissa oder ihrem Angetrauten.«

»Oder – mit etwas Glück – die von Gauchet. Denn er musste das Handy ja in die Hand nehmen, um es zusammen mit den Leichen in das Erdloch zu werfen. Damit stünde einem Haftbefehl dann nichts mehr entgegen.«

»Trotzdem wirst du heute woanders gebraucht«, drängte Joanna. »Alicia kann das allein managen, da bin ich ganz sicher, und zur Not kann sich Capitaine Debré einmal selbst aus seinem Schreibtischstuhl erheben.«

In Saint-Jacques-le-Majeur war alles vorbereitet, wofür maßgeblich Lilly, Joannas älteste Freundin und Brautjungfer, gesorgt hatte. In Privatwagen und Taxis fuhren die Gäste vor und verteilten sich an Bistrotischen für die ersten Schlucke *Crémant* an diesem sonnenverwöhnten, wundervollen Tag. Joanna, die ihrem ursprünglichen Kleiderwunsch die Treue gehalten hatte und sich nun pudelwohl darin fühlte, herzte ihre Freundinnen und Kolleginnen und beobachtete voller Erleichterung und innerer Freude, wie sich ihr künftiger Schwiegervater und die anderen Gäste aus Royan unters Volk mischten, scherzten, lachten und zufrieden wirkten. Mittendrin die Trachtengruppe um Madame Cantaloupe.

Für ein allgemeines Oh und Ah sorgte die Ankunft von Eric, Jules Onkel und ehemaliger Minister, der in schwarzer Citroën-Limousine mit Pariser Kennzeichen vorfuhr beziehungsweise sich vorfahren ließ, begleitet von den beiden Leibwächtern, die er zu seinem Leidwesen bis ans Ende seiner Tage nicht loswerden würde.

Jules, der in seinem dunklen Anzug eine gute Figur abgab und einfach zum Anbeißen aussah, wie Joanna empfand, trommelte die Gesellschaft schließlich zusammen und bat sie in die Kirche, wo *Pasteur* Moser und der Organist bereits warteten.

Auch die Kirche selbst bot einen berauschenden Anblick. Die Strahlen der Morgensonne brachen sich in den Buntglasfenstern und warfen Lichtsprengsel auf die steinernen Pfeiler, den Boden und die Bänke. Neben dem Altar standen große Blumenbuketts. Zusammen mit dem übrigen Schmuck des Gotteshauses ergab sich ein farbenfroher, fröhlicher Gesamteindruck.

Nachdem sich die Gäste gesetzt hatten und Joanna an Jules' Seite an ihnen vorbei defilierte, gewann sie den Eindruck, als würde ihr das glückliche Lächeln dauerhaft im Gesicht stehen.

Pasteur Moser, in vollem Ornat, zeigte ihnen mit Gesten an, zunächst auf den beiden Stühlen vor dem Altar Platz zu nehmen, bevor er mit der Liturgie begann. Orgelklänge füllten das Kirchenschiff, als sich Joanna setzte und sich ihrem Zukünftigen zuwandte, immer noch strahlend vor Freude.

Das Lächeln gefror allerdings, als sie sah, dass Jules den Blick gesenkt hielt – gerichtet auf das Smartphone, das auf seinem Knie lag.

»Geht's noch?«, zischte sie ihm zu. »Pack es weg! Sofort!«

»Gleich«, flüsterte Jules und tippte eilig eine Nachricht ein.

Die Orgelpfeifen sorgten klangvoll dafür, dass niemand etwas von ihrem Gespräch mitbekam, und Moser drehte ihnen gerade den Rücken zu, um die lederne Mappe mit dem Predigttext aufzuschlagen.

»Nein, nicht gleich! Jetzt sofort!«, beharrte Joanna und versetzte Jules einen Tritt mit der Fußspitze.

»Moment«, entgegnete Jules und las eine eingehende Nachricht.

»Du bist unmöglich!«, giftete sie ihn an. »Wenn du das Ding nicht augenblicklich wegtust, kannst du dir eine andere Braut suchen.«

Jules schien sie gar nicht zu hören. Wieder glitten seine Finger über das Gerät und tippten Buchstaben ein.

»Jules!«, presste Joanna zwischen ihren zusammengebissenen Zähnen hervor. Sie kochte vor Wut. »Dies ist unsere Hochzeit! Willst du sie ernsthaft platzen lassen?«

Endlich reagierte Jules, schob das Smartphone in die Hosentasche und sah Joanna betreten an. »Ja«, sagte er dann tonlos.

»Was ›ja‹?«

»Ja, ich muss die Hochzeit platzen lassen.« Er war jetzt ganz blass.

Alles Mögliche ging Joanna in diesen Sekunden durch den Kopf. Erlaubte sich Jules gerade einen ganz, ganz schlechten Scherz oder meinte er es ernst? Die Hochzeit sollte ausfallen? Warum? Hatte er da gerade etwa mit einer heimlichen Geliebten hin und her geschrieben, und sie überzeugte ihn in letzter Minute, Joanna doch nicht zur Frau zur nehmen, sondern sie?

Plötzlich wurde ihr übel. Sie legte beide Hände auf den Bauch. Sorgen um ihr Ungeborenes mischten sich in die Angst, ohne Mann dazustehen. Die Orgelmusik erschien ihr mit einem Mal nicht mehr harmonisch und melodiös, sondern schrill und laut. Und das einfallende Sonnenlicht war grell und blendete sie.

Alles um sie herum begann sich zu drehen. Sie merkte, wie sie seitlich wegkippte. Dann spürte sie Jules kräftige Arme. Er fing sie auf, bevor sie vom Stuhl fallen konnte. Ein Raunen ging durch die Kirche. *Pasteur* Moser legte die Predigtmappe beiseite und trat besorgt auf sie zu. Während Jules Joanna vorsichtig auf den Boden legte, damit ihr Kopf wieder durchblutet wurde, eilten auch die ersten Gäste herbei. Joanna sah in die kummervollen Gesichter von Clotilde, Lino und Charles. Er schob ihr eines der Sitzkissen unter den Kopf. Auch Noël eilte herbei.

»Was …«, stammelte sie. »Was ist passiert?«

Nachdem sich Noël vergewissert hatte, dass Joanna stabilisiert war, und Jules zunickte, richtete Jules sich auf und sagte laut und deutlich: »Leider müssen wir die Zeremonie an dieser Stelle abbrechen.«

»Ja, selbstverständlich«, pflichtete Moser ihm unverzüglich bei. »Erst muss es Ihrer Frau wieder gut gehen.«

»Das ist nicht der einzige Grund«, sagte Jules in einer Ernsthaftigkeit und Strenge, die Joanna Angst machten. Würde er jetzt vor versammelter Mannschaft verkünden, dass sein Herz einer anderen gehörte?

Aus ihrer unglücklichen Perspektive von den kühlen Bodenplatten der Kirche aus verfolgte sie, was sich über ihr abspielte. Sie sah, dass Jules' Worte Wirkung zeigten. Nicht nur bei ihr. Während Lino, Charles und Clotilde fragend in die Runde blickten, trat Moser zwei Schritte zurück. Er stand augenscheinlich unter großer Anspannung.

»Die Fingerabdrücke«, sagte Jules unvermutet und richtete sich direkt an den Pfarrer. »Sie haben uns Ihre überlassen, damit wir sie von denen Ihres Amtsvorgängers Gauchet unterscheiden konnten. Gauchet, unser bisheriger Hauptverdächtiger.«

Was sollte das? Warum redete Jules über den Fall?

Mitten während der Trauungszeremonie? Joanna verstand gar nichts mehr.

»Wie erwartet fanden wir Fingerabdrücke von Ihnen überall im Pfarrhaus«, redete Jules weiter, während sich Moser rückwärts gehend Schritt für Schritt entfernte. »Übrigens auch auf der vermuteten Tatwaffe. Aber das hatten wir einkalkuliert, denn immerhin stand die Skulptur jahrelang in Ihrer Dienstwohnung. Nun sind Ihre Abdrücke allerdings noch an einer anderen Stelle gefunden worden«, führte Jules weiter aus.

Moser gab keinen Laut von sich, auch die übrigen Anwesenden schwiegen gebannt. Joanna hob den Kopf und stützte sich auf den Ellenbögen ab. Gebannt hing sie an Jules' Lippen.

»Das alte Handy, das wir im Grab von Melissa Langlois und ihrem Mann gefunden haben, trägt mehrere Fingerabdrücke, die Ihren gleichen. Zu mehr als 95 Prozent. Trotz des Alters waren sie gut erhalten und konnten als die Ihren identifiziert werden«, führte Jules aus.

Joanna beobachtete, wie jede Farbe aus Mosers Gesicht wich. Seine Hände klammerten sich an den steinernen Altar. Im Hintergrund meinte Joanna, das Heulen von Martinshörnern zu hören, die schnell näher kamen.

»Meine Kollegin hat noch einmal mit *Pasteur* Gauchet gesprochen«, sagte Jules, ohne Moser aus den Augen zu lassen. »Er hat sich erinnert, dass er zur fraglichen Zeit, als die Morde verübt wurden, einen Gast im Pfarrhaus beherbergt hatte. Einen aufstrebenden Vikar, der sich anschickte, einmal seine Nachfolge anzutreten. Der Name lautet: Nathan Moser.«

Joanna war baff! Mit derartigen Enthüllungen, noch dazu bei diesem Anlass und an diesem Ort, hatte Joanna nie im Leben gerechnet. Sie war extrem gespannt darauf, was sie noch erfahren würde.

»Wir haben nun eine sehr gute Vorstellung von dem, was sich damals wirklich ereignet hat«, ließ Jules Moser nicht aus der Pflicht. »Vor neun Jahren hielt sich also nicht nur der Altpfarrer auf dem Pfarrgelände auf, sondern auch Sie wohnten schon dort, für eine Übergabephase. Melissas Ex-Freund, Mathis Baur, hat inzwischen ausgesagt, dass er damals den Eindruck hatte, Sie hätten ein Auge auf die schöne Melissa geworfen. Aber da hat er sich getäuscht, nicht wahr?«

Worauf wollte Jules hinaus? Das waren alles völlig neue Informationen für Joanna.

»In Wahrheit haben Sie sich nicht für die junge Frau interessiert, die mehrfach zum Besprechen und Planen ihrer Hochzeit ins Pfarrhaus gekommen war und Ihnen dabei über den Weg gelaufen sein muss«, fuhr Jules fort. »Nein, Ihr Augenmerk galt Melissas Zukünftigem: Raphaël Hauenstein.«

Joanna nahm wahr, wie die Leute zu tuscheln begannen. Gleichzeitig wechselten sich die Polizeisirenen jetzt mit dem Schlagen von Autotüren ab. Moser wirkte unterdessen wie erstarrt.

»Anstatt dass Sie Ihre Neigung beherrscht haben, unternahmen Sie bei einem späteren Besuch Hauensteins einen Versuch, ihn für sich zu gewinnen – und das Drama nahm seinen Lauf«, kam Jules auf den Punkt.

Während Joanna zu begreifen begann und die Zusammenhänge erkannte, kam Leben in den Pfarrer: Moser stieß sich vom Altar ab. Woher auch immer er es genommen hatte – plötzlich hielt er ein Klappmesser in der Hand! Moser ließ die Klinge herausschnellen und stürzte sich nach vorn. Ehe irgendjemand reagieren konnte, packte er Joanna grob am Arm, zog sie auf die Beine und drückte ihr das Messer an die Kehle.

»Oh mein Gott!«, entfuhr es Clotilde, die erschrocken zurückwich.

»Zurück!«, brüllte Moser und zerrte Joanna mit sich.

Joanna glaubte zunächst, ihr Herz würde stehen bleiben. Sie wagte es kaum, zu atmen und erst recht keinen Widerstand zu leisten. Ihre Sorge galt einzig und allein ihrem Kind.

»Nein, so ist das nicht gelaufen!«, schrie Moser und erklärte hektisch: »Es war am späteren Abend, Gauchet hatte sich schon schlafen gelegt. Da klingelte es an der Tür: Raphaël Hauenstein stand da mit einem Geschenk für Gauchet, ein Dankeschön für die Trauung. Ich bat ihn herein, führte ihn ins Kaminzimmer. Wir redeten miteinander, ich gewann den Eindruck, er hege Sympathie für mich. So hatte ich schon bei den vorherigen Besuchen empfunden. So wie er mich ansah – ich war mir ganz sicher gewesen.«

»Und weiter?«

»Ich hatte an dem Abend zwei Gläser Wein getrunken, da überkam es mich. Und dann – ich weiß selbst nicht, wie es passieren konnte – lief mit einem Mal alles aus dem Ruder. Aber ich schwöre: Es ist ein Unfall gewesen, ich wollte Raphaël nichts tun.«

»Aber Sie geben zu, dass Sie ihn bedrängt haben«, unterstellte Jules und wagte sich langsam näher an

Moser heran. Joanna sah die große Besorgnis in seinen Augen.

»Zurück!«, wiederholte Moser seine Forderung und legte die Schneide des Messers noch dichter an Joannas Hals. »Berührt habe ich ihn, ja. Weil ich sein Verhalten so gedeutet hatte, dass er es auch wollte.«

»Ein Mann, der von Ihrem Kollegen gerade erst getraut worden war, sollte sich nach Ihrer Zuneigung sehnen? Das muss Ihnen doch selbst unglaubwürdig erscheinen«, rief Jules ihm zu. »Was passierte, als Sie ihn anfassten?«

Aus den Augenwinkeln registrierte Joanna, wie sich die Flügel des Hauptportales öffneten und sich einige Uniformierte hereinschoben. Auch Alicia war dabei. Doch sie erkannten die Lage und hielten sich im Hintergrund.

»Er geriet in Rage«, antwortete Moser auf Jules' Frage. »Beschimpfte mich hysterisch. Schrie mich an, nannte mich abartig und pervers. Ich entschuldigte mich sofort bei ihm und versprach, dass es nicht mehr vorkommen werde. Doch davon wollte er nichts hören, sondern drohte, mich anzuzeigen. Ich sagte ihm, das wäre doch völlig übertrieben, denn es sei ja nichts passiert. Aber er holte sein Handy aus der Tasche und begann darauf herumzutippen. Er sprach kurz mit seiner Frau. Dann wählte er noch eine Nummer. Die der Polizei? Mir gingen die Konsequenzen durch den Kopf, wenn er das an die große Glocke hängen würde. Ich hätte meinen Job verloren. Also schlug ich ihm das Gerät aus der Hand. Das machte ihn noch wütender. Wie ein wilder Stier ging er auf mich los ...«

»Worauf Sie ihm den Schädel einschlugen.«

»Nein, nein! Ich sagte es doch gerade: Es ist ein Unfall gewesen!«, ereiferte sich Moser.

Joanna merkte mit Erleichterung, dass der Druck auf ihren Kehlkopf nachließ. Doch das Messer schwebte weiter dicht vor ihrem Hals. Eine falsche Bewegung, und es würde ihr die Kehle aufschlitzen.

»Es kam zu einer Rangelei, Raphaël stürzte über die Bodenschwelle am Kamin«, rechtfertigte sich Moser. »Er fiel rückwärts auf die Steinkante eines Mauervorsprungs. Mir wurde sofort klar, dass es um ihn geschehen war.«

»Sie wussten von dem kurzen Anruf, dass Melissa draußen im Wagen auf ihren Mann wartete«, redete Jules weiter. »Und dass sie jeden Augenblick hereinkommen könnte, um nach Raphaël zu sehen. Wie hätte sie reagiert, wenn sie den Toten gesehen hätte? Sicher hätte sie Sie für den Mörder gehalten. Also haben Sie ihr aufgelauert, in Ihren Händen die Marienstatue, die sie vom Kaminsims nahmen.«

»Es war eine Kurzschlussreaktion«, behauptete Moser. »Ich stand in diesen schrecklichen Minuten völlig neben mir.«

»Nach dem tödlichen Schlag hoben Sie Raphaëls Handy auf, auf dem wir Ihre Fingerabdrücke gesichert haben. Zusammen mit den Leichen musste es auf Nimmerwiedersehen verschwinden. Doch wohin mit den belastenden Beweisen vor Ihren Füßen? Ihnen blieb nicht viel Zeit, denn es bestand die Gefahr, dass Gauchet aufwachen und dazukommen würde.«

»Ja, verdammt, so hat es sich abgespielt«, rief Moser

beinahe trotzig. »Was hätte ich denn tun sollen? Eine Verkettung unglücklicher Umstände.«

»Wie haben Sie es gemacht?«, fragte Jules. »Sie können die Leichen unmöglich allein verbuddelt haben. Selbst wenn Sie einen Bagger zu Hilfe genommen hätten, wäre es aufwändig gewesen und hätte Zeit gekostet. Und Sie mussten ja auch noch das Auto Ihrer Opfer beseitigen, damit niemand etwas von dem abendlichen Besuch erfahren konnte. Sie hatten einen Helfer, richtig? Einen ehemaligen Freund, der Ihnen immer noch verbunden war und Ihnen diesen Freundschaftsdienst nicht abschlagen konnte.«

Moser, der erst jetzt die anderen Polizisten zu bemerken schien, straffte seinen Körper. Joanna spürte, wie sein Griff fester wurde. »Genug!«, donnerte er. »Von mir werden Sie nichts mehr erfahren.« Wieder fuchtelte er mit dem Messer. »Major Gabin: Wenn Ihnen das Leben Ihrer Frau lieb ist, legen Sie Ihr Smartphone auf den Boden und schieben es mit dem Fuß zu mir.«

»Was wollen Sie mit meinem Telefon?«, fragte Jules, kam dem Befehl aber nach und legte es vor sich ab.

»Entsperren und rüberschieben!«, forderte Moser.

Jules tat wie ihm geheißen. Moser bückte sich nach dem Gerät und gab eine Nummer ein. Das tat er mit nur einer Hand. Die andere hielt unbeirrt das Messer fest.

»Ich bin es«, hörte Joanna Mosers Stimme dicht neben ihrem Ohr. »Ich brauche deine Hilfe. Sofort. Komm zur Kirche und stell dich vor den Osteingang. Du musst mich hier rausholen. Es ist alles aufgeflogen.«

27

Jules machte sich riesige Vorwürfe. Hätte er doch bloß auf die Verstärkung gewartet, bevor die Situation dermaßen eskalierte. Ein dummer und großer Fehler, für den Joanna jetzt bezahlen musste.

Zur Untätigkeit verdammt musste er mit ansehen, wie Moser rückwärts gehend einen seitlichen Ausgang erreichte. Das Messer hielt er die ganze Zeit an Joannas Hals, sodass ein Zugriff völlig ausgeschlossen war. Das merkten auch die Kollegen, die sich um Jules scharten und nicht wagten, ihre Dienstwaffen in Anschlag zu bringen.

»Ein schöner Schlamassel«, raunte Alicia ihm zu, die jetzt ebenfalls bei Jules stand. »Wie konnte das so ausufern?«

»Frage nicht«, antwortete Jules. »Wir müssen etwas tun, um Joanna aus seiner Gewalt zu befreien.«

Ein röhrendes Dröhnen drang durch das Kirchenschiff und hallte mehrfach wider. Moser stieß die Seitentür auf, woraufhin jeder die Quelle des Lärms erkennen konnte: Direkt neben dem Gotteshaus war ein Sattelschlepper vorgefahren und wartete mit laufendem Motor. Der Fahrer riss die Tür auf. Jules erkannte ihn auf Anhieb – und es wunderte ihn nicht: Alexander Krueger saß hinterm Steuer und half Joanna beim Einsteigen, indem er ihr die Hand reichte. Gleich darauf stieg Moser zu.

»Lassen Sie sie hier!«, rief Jules und stürmte nach vorn.

Doch seine Bitte ging im Lärm des Motors unter: Krueger gab sofort Gas, kaum dass die Tür der Fahrerkabine sich wieder geschlossen hatte. Kies spritzte auf, als das mächtige Vehikel Fahrt aufnahm und über den schmalen Weg des Pfarrgeländes fuhr, ohne Rücksicht auf im Wege stehende Blumenkübel und die geparkten Autos der Hochzeitgäste.

Jules lief hinterher, aber der Lkw war nicht mehr aufzuhalten. Eine Schneise der Verwüstung hinterlassend, donnerte das Ungetüm durch das Einfahrtstor, riss einen Teil der Außenmauer mit und schwenkte auf die gewundene Straße ein, die sich zwischen den Weinbergen schlängelte und das schwere Fahrzeug schon bald in der hügeligen Landschaft verschwinden ließ.

»Hinterher!«, hörte Jules einen der Gendarmen befehlen. »Schneidet ihnen den Weg ab!« Doch er bremste ihn in seinem Elan.

»Wenn wir sie in die Enge treiben, passiert vielleicht noch viel Schlimmeres«, erklärte Jules so abgeklärt wie möglich, obwohl er innerlich gegen den Drang ankämpfte, genau das zu tun: dem Lkw hinterherzujagen und Joanna zu befreien! »Was, wenn daraus eine Amokfahrt wird? Die nächsten Ortschaften sind nicht weit, weitere Menschenleben sind in Gefahr.«

»Dann müssen wir ihn erst recht stoppen, bevor er in dicht besiedeltes Gebiet kommt«, rief ein anderer Uniformträger.

»Einen Vierzigtonner stoppen? Wie denn?«, stellte Alicia den Vorschlag in Zweifel und hielt ihr Funkgerät vor den Mund. »Ich fordere mehr Unterstützung an. Vielleicht bekommen wir Scharfschützen oder einen Wasserwerfer, den wir als Barriere auffahren können. Und wir brauchen Luftunterstützung, einen Hubschrauber.«

Ja, Scharfschützen, die auf die Reifen zielten, wären eine Option, dachte Jules und zermarterte sich den Kopf, was er selbst tun könnte. Er bangte um das Leben seiner Frau, die bisher ja nicht einmal wirklich seine Frau war.

28

Hatte ihr die Angst zunächst die Kehle zugeschnürt und sie dazu gebracht, alles über sich ergehen zu lassen, änderte sich das jetzt: Auf dem Mittelsitz zwischen Moser und dem Fahrer kam Joanna allmählich zur Ruhe. Obwohl der Lastwagen, in den man sie gezwungen hatte, mit mörderischem Tempo durch die Landschaft pflügte, gelang es ihr, den Atem zu beruhigen und sich ein wenig zu entspannen. Dazu trug auch die Tatsache bei, dass Moser ihr die Klinge nicht länger an den Hals hielt: Die geballte Hand mit dem Messer lag auf seinem Schoß.

Ihre wiedergewonnene Ruhe schien sich auch auf das Kind zu übertragen. Bis eben hatte sie gemeint, die Tritte des Ungeborenen an ihrer Bauchdecke zu spüren. Nun blieb es ruhig, als würde es schlafen.

Die nachlassende Furcht und Beklommenheit machten es möglich, dass Joanna wieder klare Gedanken fassen konnte. Still und leise vollzog sie die Wandlung von der tatenlosen Beobachterin zur Akteurin. Langsam bewegte sie den Kopf und sah sich in der Fahrerkabine um. Ihre beiden Mitfahrer hielten die Blicke nach vorn gerichtet, starrten auf die kurvenreiche Fahrbahn, voll konzentriert darauf, das schwere Gefährt in der Spur zu halten. Der Motor dröhnte, die Kabine vibrierte, die Kunststoffverkleidung klapperte.

Joanna überlegte, was sie unternehmen konnte. Ins Lenkrad zu greifen, kam nicht infrage. Moser würde sofort reagieren und womöglich sein Messer einsetzen, um sie zurückzuhalten. Und ihm zuvorzukommen und das Messer aus der Hand zu reißen, war ebenfalls keine Option. Er war ihr kräftemäßig überlegen.

Was also sonst? Welche Möglichkeiten blieben ihr, diese Höllenfahrt zu einem baldigen Ende zu führen, ohne selbst dabei draufzugehen?

Ihre Blicke wanderten weiter durch den Fahrerraum, auf der Suche nach was auch immer. Nach irgendeiner Chance, wie sie sich aus den Fängen dieser Verbrecher befreien könnte. Schließlich blieben ihre Augen an einer Leine haften, die wie eine Schlaufe vom Kabinenhimmel herabhing. Was hatte es mit dieser Schnur auf sich? Joanna kam ein alter Trucker-Film in den Sinn, den sie einmal im Fernsehen angeguckt hatte. Hatte der Fahrer des Trucks nicht an einer solchen Leine gezogen, um die Hupe zu betätigen? Der Auslöser für das lautstarke Signalhorn, so wie es jeder größere Lkw besaß?

Plötzlich kam ihr ein Gedanke. Verwegen zwar. Und nicht ohne Gefahr. Aber es sollte das Risiko wert sein, denn das Überraschungsmoment würde auf ihrer Seite liegen.

29

Jules, der das Steuer des blumengeschmückten Brautwagens umklammerte, folgte dem Sattelschlepper mit deutlichem Abstand. Er hatte es nicht länger ausgehalten, einfach nur zu warten und den Rest den Kollegen zu überlassen. Alicia saß neben ihm und sprach unentwegt in ihr Funkgerät.

»Der Hubschrauber ist unterwegs«, rief sie Jules über das Heulen des Motors hinweg zu. »Das mit den Schützen sieht aber schlecht aus. Bis die Spezialeinheit eintrifft, hat der Truck längst die ersten Ortschaften passiert. Aber die *Police municipale* ist informiert, sie versuchen, die Straßen freizuhalten und Passanten zu warnen.«

Das war wichtig und gut, wusste Jules. Eine konkrete Hilfe für Joanna stellten diese Maßnahmen aber nicht dar. Sie blieb den Verbrechern weiter ausgeliefert. Hilflos, wehrlos und durch ihre Schwangerschaft auch noch körperlich eingeschränkt. Sie befand sich in einer ausweglosen Lage, und Jules mochte gar nicht daran denken, wie das alles ausgehen würde.

Der Lkw befand sich geschätzte 100 Meter vor ihnen. Deutlich konnte Jules den Schriftzug »Krueger« auf der Plane am Heck des Gespanns lesen. Dass der Sattelschlepper von einem Profi gelenkt wurde, ließ sich an der sicheren Fahrweise erkennen. Trotz der schmalen Straße und der engen Kurven steuerte der Speditionschef seinen Laster mit geübter Hand durch die von Weinbergen gesäumte Landschaft. Rücksicht auf Gegenverkehr nahm er aber nicht. Ahnungslose Autofahrer mussten aufs Bankett ausweichen oder ihre Wagen in abzweigende Feldwege retten.

»Wo er wohl hin will?«, fragte Alicia. »Mit diesem Riesending kann er sich ja nirgends verstecken. Und ihm muss klar sein, dass wir an ihm drankleben.«

»Über die Grenze vielleicht«, mutmaßte Jules. »Drüben müsste die deutsche Polizei übernehmen. Bis das geklärt ist, könnten Moser und Krueger sich absetzen, zum Beispiel, indem sie in einen Wald fahren und sich dort verborgen halten, bis sie ein unauffälligeres Gefährt gefunden haben.«

Oder aber sie würden bald anhalten und freies Geleit fordern – wobei das nur gelingen könnte, wenn sie Joanna als Geisel in ihrer Gewalt behalten würden. Jules wurde ganz übel bei diesem Gedanken.

Die zinnoberroten Dachschindeln einer kleinen Ortschaft tauchten hinter einem Hügel auf, auch ein Kirchturm war zu sehen.

»Hunawihr«, erkannte Alicia. »Um diese Zeit voller Touristen. Wenn er dort durchbrettert, gibt es Tote. So schnell kann die *Police municipale* den Ort gar nicht räumen.«

Jules dachte genauso. Sie steuerten auf eine Katastrophe zu. Joannas Leben zu retten, besaß für ihn weiter höchste Priorität, doch es gehörte zu seiner Pflicht, auch an andere mögliche Opfer zu denken. Was könnten sie tun, um das drohende Desaster abzuwenden? Jules erwog, den Lkw zu überholen und mit Alicias Dienstwaffe in die Reifen zu schießen. Doch Krueger würde das zu verhindern wissen und sie gar nicht erst vorbeilassen. Was also dann? Vielleicht könnte man aus dem Hubschrauber heraus schießen. Doch was, wenn die Projektile das Fahrerhaus trafen und Joanna verletzten?

Er kam nicht dazu, diese Gedanken in Worte zu fassen und mit Alicia zu diskutieren. Denn plötzlich änderte sich alles: Ein lautes Signalhorn übertönte das Dröhnen der Motoren und Quietschen der Reifen. Es kam von dem Sattelschlepper vor ihnen, der gleich darauf wilde Schlenker vollzog. Das schwere Gefährt geriet ins Schleudern, der Hänger tanzte unbeherrscht hin und her. Dann tat es einen Schlag, und er löste sich von der Zugmaschine.

Jules trat mit aller Kraft auf die Bremse. Fassungslos sah er zu, wie sich der Anhänger auf die Seite legte und liegen blieb. Der vordere Teil mit der Fahrerkabine rollte noch ein ganzes Stück weiter, kam aber ebenfalls nicht mehr in die Spur. Mit dem linken Vorderrad voran rutschte die Zugmaschine in einen kleinen Graben neben der Fahrbahn. Riss den grasbewachsenen Seitenstreifen auf einer Länge von fünf oder zehn Metern auf. Kam in bedenklicher Schieflage zum Stillstand.

Ohne den Blick von dem havarierten Lkw zu nehmen, gab Jules vorsichtig Gas und näherte sich der Unfallstelle. Sein Glück war unbeschreiblich, als er sah, wie sich die Tür des Fahrerhauses öffnete und Joanna herauskletterte. Während sie sich mit der rechten Hand an den verchromten Holmen der Kabine festhielt, umfassten die Finger ihrer Linken Mosers Messer.

Eine Teufelsbraut, schoss es Jules durch den Kopf. Wie hatte sie das bloß geschafft?

Die Anspannung fiel von ihm ab, als er seine große Liebe kurz darauf endlich in die Arme schließen konnte. Das schöne weiße Kleid verdreckt und zerrissen, die hochgesteckte und mit unzähligen weißen Blüten besteckte Frisur zerstört, die Schminke verlaufen – aber mit einem strahlenden Lächeln im Gesicht. Joanna ging es gut, und der Kuss, den sie Jules gab, steckte voller Dankbarkeit und Leidenschaft.

Während im Hintergrund Moser und Krueger in Handschellen abgeführt und die Unfallstelle gesichert wurden, ließ sich Joanna auf der Stufe eines Krankentransporters nieder und von einem Arzt untersuchen. »Sicher ist sicher«, erklärte dieser und leuchtete mit einer dünnen Stabtaschenlampe in ihre Augen. Er nahm den Puls und machte einige weitere Untersuchungen, aber alles schien okay zu sein, Joanna und ihr Baby waren wohlauf.

Mittlerweile platzte Jules schier vor Neugierde. »Wie hast du das gemacht? Wie konntest du die beiden außer Gefecht setzen?«

Joanna schmunzelte. »Die Hupe hat sie abgelenkt«, verriet sie ihren Trick. »Ich habe das Signalhorn ausgelöst, woraufhin Krueger das Steuer verriss. Das war meine Chance, Moser das Messer wegzunehmen. Ich habe es ihm an den Hals gesetzt, genauso wie er es vorher bei mir gemacht hatte.«

»*Chapeau*!«, rief Jules und drückte sie noch einmal an sich. Seine Hände wanderten auch über ihren Bauch und streichelten ihn zärtlich. »Ich bin so froh, dass alles gut gegangen ist.«

»Ist es das?«, fragte Joanna überraschenderweise.

Jules löste sich von ihr und sah sie verwundert an.

»Unsere Hochzeit ist geplatzt, schon vergessen?«, fragte Joanna.

Jules fasste sich an die Stirn. »Ach ja, natürlich. Ich fürchte nur, wir haben unseren Pfarrer verloren und können es nicht so bald nachholen.«

»Doch, ich denke schon«, gab sich Joanna zuversichtlich. »*Pasteur* Gauchet ist mit dem heutigen Tag rehabilitiert. Fragen wir ihn, ob er uns seinen Segen gibt.«

Jules neigte den Kopf: »Eine gute Idee, aber ich hoffe, er ist nicht nachtragend. Ich fürchte, ich habe dem armen Mann ziemlich böse mitgespielt.«

»Einen Versuch ist es wert«, fand Joanna und sah ihn mit leuchtenden Augen an.

ÉPILOGUE

Charles und fast der ganze Rest der Sippe aus Royan erklärten sich einverstanden, zwei Tage dranzuhängen. Und so durfte Joanna den schönsten Tag ihres Lebens ein zweites Mal erleben – diesmal hoffentlich mit besserem Ausgang, dachte Jules, als er seine Braut an den Gästen vorbei durch das Kirchenschiff geleitete.

Während Jules' dunkler Anzug kaum etwas von den hinter ihnen liegenden Strapazen abbekommen hatte, hatte sich Joannas Kleid nicht mehr retten lassen. Für den kurzfristigen Ersatz hatte sie tief in die Tasche greifen müssen, doch es lohnte sich. Jules gefiel das neue Brautkleid sogar noch einen Funken besser als das sehr schlicht gehaltene erste. Stolz musterte er seine wunderschöne Zukünftige.

Pasteur Gauchet, der noch am Tag der Verhaftung von Moser und Krueger aus dem Hausarrest entlassen worden war, hatte keine Sekunde gezögert, der Bitte von Joanna und Jules zu entsprechen. Selbstverständlich stehe er zur Verfügung, hatte der Altpfarrer ohne mit der Wimper zu zucken gesagt und sich einen Tag zur Vorbereitung ausbedungen. Von Vorwürfen über eine ungerechte Behandlung in Jules' Richtung keine Spur. Das rechnete Jules ihm hoch an. Im Gegensatz zu seinem verbrecherischen Nachfolger wusste Gauchet, was Nächstenliebe wirklich bedeutete.

Den Tag, an dem Gauchet die Traurede ausarbeitete, nahm Jules an den Verhören von Moser und dessen Komplizen teil. Überraschungen kamen dabei nicht zutage, alles hatte sich weitgehend so abgespielt, wie es Jules schon in der Kirche rekonstruieren konnte. Demnach fiel die Schuld für die eigentliche Tat ganz auf Moser, wobei noch geklärt werden musste, ob sich der Tod von Raphaël Hauenstein wirklich auf einen Unfall zurückführen ließ, wie der Beschuldigte nicht müde wurde zu betonen. Auch beim Tod von Melissa Langlois würde später das Gericht entscheiden müssen, ob Moser Heimtücke und damit ein Mord nachgewiesen werden konnte, oder ob es bei einer Anklage auf Totschlag blieb. Wie auch immer: Der Geistliche auf Abwegen würde lange Zeit hinter Gittern verbringen müssen. Was wohl auch seinem Kompagnon blühte: Krueger hatte sich nicht nur der Verschleierung einer Straftat schuldig gemacht, indem er den Minibagger bediente, um eine Grube für die Toten auszuheben. Er beteiligte sich zudem an der Entführung von Joanna und musste sich wegen gefährlichen Eingriffs in den Straßenverkehr verantworten. Immerhin zeigte er sich kooperativ und verriet das Versteck, in dem er das Auto von Melissa und Raphaël hatte verschwinden lassen: ein abgelegenes Sumpfgebiet in den Rhein-Auen.

Wieder erschallte die Orgel, und wieder spürte Jules ein erhabenes, wohliges und stolzes Gefühl, dass er die Frau vor den Altar führen durfte, die er von ganzem Herzen liebte. An Joannas Seite wollte er alt werden, aber vorher noch viele schöne gemeinsame Momente erleben. Die nächste Woche noch zu zweit und danach zu dritt. Neun Tage blieben bis zum errechneten Entbindungstermin.

Ja, es war alles knapp bemessen. Aber noch stand ihnen ja genügend Zeit zur Verfügung. Auch für die Feierlichkeiten und das große Festessen, das für heute Abend in Clotildes *auberge* geplant war. Nach Intervention von Charles und Onkel Eric hatten sich Clotilde und ihr Mann Pierre überzeugen lassen, die Speisefolge noch einmal leicht zu variieren. Einer Elsässer Mostsuppe mit Bouillon und reichlich Riesling wurde eine mit Käse überbackene Zwiebelsuppe an die Seite gestellt, und der Salat vom Räucherfisch mit Saibling, Karpfen und Renke bekam als südfranzösisches Pendant einen klassischen Nizza-Salat zugeordnet. Hauptspeise und Dessert ließen die beiden alten Herren aber unverändert, denn sie mussten zugeben, dass Clotilde und Pierre sich alle Mühe gegeben hatten, um die Gaumen sowohl der Süd- als auch der Nordfranzosen zufriedenzustellen. Jules freute sich auf diesen Abend, denn jeder Grund für Unzufriedenheit und Missbehagen war aus seiner Sicht ausgeräumt. Es würde sicherlich eine lange und ausgelassene Nacht werden.

Pasteur Gauchet nahm seine Textmappe zur Hand und trat vor sie. Er signalisierte ihnen, sich zu erheben. Jules spürte sein Herz schlagen. Gleich würde es so weit sein. Endlich war der Moment gekommen, dem er so sehr entgegengefiebert hatte. Langsam richtete er sich auf und hielt Joanna die Armbeuge hin. Ihr Lächeln war bezaubernd, und hätte er diese Frau nicht schon um ihre Hand gebeten, so würde er es jetzt tun.

Auch Joanna wollte aufstehen. Doch kaum hatte sie

sich von der Sitzfläche gelöst, sackte sie zurück auf den Stuhl. Ihr eben noch strahlendes Gesicht verzerrte sich.

Jules erschrak. »Joanna! Was ist los?«

Sie stieß ein Stöhnen aus. Dann presste sie ihre Hände an den Unterleib. »Puh! Ich glaube ...« Wieder ein Stöhnen. »Ich glaube, es geht los.«

»Was geht los?«, fragte Jules völlig durcheinander.

»Die Wehen. Unser Baby kommt, Jules. Unser Baby kommt.«

FIN

AUS CLOTILDES KOCHBUCH

Terrine von Beeren und Ziegenfrischkäse
mit Wildkräutersalat

Zu dieser exquisiten Vorspeise passt ein herzhafter Silvaner.

Zutaten (für vier bis fünf Personen):

Für die Terrine:
500 g Ziegenfrischkäse
100 ml Johannisbeersaft
80 g Johannisbeeren
80 g Brombeeren
80 g Heidelbeeren
2 Blatt Agar-Agar

Für den Salat:
Wildkräutermischung
Radieschen (in Scheiben)
Zwiebelwürfel
20 g Agavendicksaft
20 g Zitronensaft
30 ml Gemüsebrühe
30 ml Olivenöl mit Keimöl vermixt

Salz
Pfeffer

Zubereitung:
Den Johannisbeersaft und das Agar-Agar in einen Topf geben und aufkochen lassen. Die Beeren bis auf einige zur Dekoration mixen und durch ein Sieb passieren. Das Beerenmus zusammen mit dem Saft und dem Frischkäse in den Mixer geben. Anschließend in kleine Formen füllen und für zwei Stunden kühlstellen.
In der Zwischenzeit das Dressing aus dem Agaven- und dem Zitronensaft, der Gemüsebrühe und dem Öl mischen und mit Pfeffer und Salz abschmecken. Die Terrinen aus den Formen stürzen und zusammen mit dem Salat, den Zwiebelwürfeln und Radieschenscheiben anrichten.

*

Maultaschen mit Bachsaibling-Füllung an rahmigem Sauerkraut

Die nahe schwäbische Küche lässt bei diesem elsässischen Rezept aus Clotildes Kochbuch grüßen.

Zutaten (für vier bis fünf Personen):

Für den Teig:
200 g Hartweizengrieß
400 g Mehl
4 Eier
4 Eigelb
Salz
Öl

Für die Füllung:
300 bis 400 g Filets vom Bachsaibling
200 ml Sahne
Eiweiß
Salz
Pfeffer
Dill
Noilly Prat (Wermut)

Für die Beilage:
700 g Sauerkraut
200 g Schmand
1 Apfel

Zubereitung:
Zunächst die Hälfte vom Filet mit einem gutem Schluck Noilly Prat und dem Eiweiß in den Mixer geben und langsam die Sahne unterrühren. Salzen, pfeffern und weiter rühren, bis die Masse schön cremig ist.
Für den Maultaschenteig sämtliche Zutaten in eine Schüssel geben und mit dem Mixer verquirlen. Anschließend eine gute halbe Stunde kühl stellen. Danach kann der Teig mit dem Nudelholz (oder einer Nudelmaschine) flach ausgerollt werden. Als Nächstes die Füllung in einen Spritzbeutel füllen und in der Mitte des Teigs aufbringen. Den Teig von unter her aufrollen, in gleichmäßigen Abständen die Maultaschen abdrücken und schneiden. In siedendem, gesalzenem Wasser können die Taschen für fünf bis zehn Minuten ziehen.
Das Kraut zusammen mit Apfelwürfeln kochen und mit dem Schmand verfeinern. Zusammen mit den Maultaschen anrichten und mit Dill dekorieren.

*

Crème Brûlée an Buttermilchmousse

Ein köstlicher Abschluss eines jeden Gerichts, dazu gesellt sich ein schmackhafter Gewürztraminer.

Zutaten (für vier bis fünf Personen):

Für die Crème Brûlée:
200 g Sahne
50 g Zucker
Brauner Zucker
1 Ei
3 Eigelb
2 Tl Orangenzeste
50 ml weißer Portwein
1 Msp. Vanillemark

Für die Mousse:
500 ml Buttermilch
200 g Sahne
5 Blatt Gelantine
Salz
Pfeffer
Muskat

Zubereitung:
Die Buttermilch mit etwas Salz, Pfeffer und Muskat würzen und mit der eingeweichten Gelatine vermengen. Die Sahne steif schlagen

und vorsichtig unterheben. In den Kühlschrank stellen.
Den Zucker in einem Topf karamellisieren und mit dem Portwein ablöschen. Sahne, Orangenzeste und Vanillemark dazugeben und dünsten. Anschließend pürieren, durch ein Sieb streichen und mit dem Ei und Eigelb verrühren. In kleine flache Schalen füllen und bei 90 Grad für 45 Minuten stocken lassen. Danach mit braunem Zucker bestreuen und mit einem Küchenbrenner karamellisieren.

MERCI ...

… an Marie-Ann Tan, Doktor Uwe Meier, Oliver Grill, Sabine Gräwe und Werner Hellwig, Peter und Dietlind Beinßen, Susanna und an die ganze Familie!

*Weitere Titel finden Sie auf den
folgenden Seiten und im Internet:*

WWW.GMEINER-VERLAG.DE

… Bücher von Jan Beinßen:

Antiquitätenhändlerin Gabriele Doberstein ermittelt:

1. Fall: Feuerfrauen
ISBN 978-3-8392-1043-7

2. Fall: Goldfrauen
ISBN 978-3-8392-1097-0

3. Fall: Todesfrauen
ISBN 978-3-8392-1196-0

Weitere:

Familienpakt
ISBN 978-3-8392-1303-2

WWW.GMEINER-VERLAG.DE
Wir machen's spannend

Eva Klingler
Alsace, mon amour!
Roman
345 Seiten, 13 x 21 cm,
Premium-Klappenbroschur
ISBN 978-3-8392-0451-1

Mit diesem Erbe hat die aparte Frankfurter Grafikerin Marian Färber nicht gerechnet. Doch zusammen mit ihrem Verlobten Jeff lässt sie sich auf das Abenteuer Eguisheim ein – und entdeckt ein jahrhundertealtes kulinarisches Geheimnis. Doch bis zur Lösung des Rätsels muss sie viele Hindernisse überwinden und sich zum Schluss ihrer wahren Liebe stellen. Doch zunächst muss Marian die Frage beantworten, wer ihr diese mysteriösen Hinweise zukommen lässt. Ist der unheimliche Schatten, der sie verfolgt, ein Freund oder ein Feind?

GMEINER SPANNUNG

WWW.GMEINER-VERLAG.DE
Wir machen's spannend

Michael Boenke
Camping mortale
Kriminalroman
313 Seiten, 13 x 21 cm,
Premium-Klappenbroschur
ISBN 978-3-8392-0458-0

Die Ruhe auf Friedas Camping-Stellplatz wird nachhaltig gestört, als der »Probecamper« und Ortsvorsteher Eginbert Bilsner mit einem Zelthering im Kopf von Bönles Sprössling Korbinian tot aufgefunden wird. Als auch dem Hund des Ermordeten und der Bienenkünstlerin Bibibee Böses widerfährt, und Tizian, der beeinträchtigte Freund Korbinians, zum Sündenbock gemacht wird, überschlagen sich die Ereignisse im herbstlichen Ried. Nachdem Vorahnungen einer blinden Seherin grausame Realität werden, ermittelt Bönle mit seiner Motorrad-Gang auf eigene Faust.

GMEINER SPANNUNG

WWW.GMEINER-VERLAG.DE
Wir machen's spannend

Daniel Verano
Canaria Criminal
Kriminalroman
256 Seiten, 12,5 x 20,5 cm,
Paperback
ISBN 978-3-8392-0459-7

Im Wahlkampf springt der polarisierende Politiker Francisco Fraude mit dem Fallschirm über Gran Canaria ab. Felix Faber, deutscher Auswanderer und Journalist auf der Insel, beobachtet den Sprung von seinem Bungalow aus. Es geschieht das Unvorstellbare, vor laufender Kamera schlägt Fraude auf einem Felsen auf und ist tot. Faber beginnt zu recherchieren und kreuzt dabei den Weg der taffen Ermittlerin Ana Montero. Zusammen decken sie nach und nach eine Verschwörung auf.

GMEINER SPANNUNG

WWW.GMEINER-VERLAG.DE
Wir machen's spannend

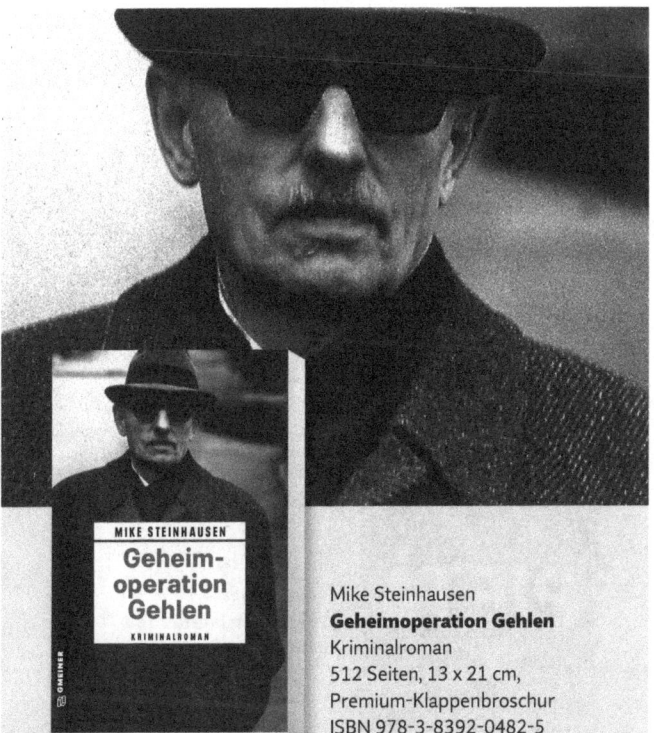

Mike Steinhausen
Geheimoperation Gehlen
Kriminalroman
512 Seiten, 13 x 21 cm,
Premium-Klappenbroschur
ISBN 978-3-8392-0482-5

Als der ehemalige Fremdenlegionär Louis Richard eine Frau vor ihrem Zuhälter rettet, stürzt das sein weiteres Leben ins Chaos. Denn schon kurz darauf wird er unschuldig zu lebenslanger Haft verurteilt. Im Gefängnis erhält er unerwarteten Besuch von zwei Mitarbeitern der CIA. Louis soll ihnen helfen, Reinhard Gehlen als Präsident des BNDs zu installieren. Er willigt ein, springt für ihn die Freiheit und eine neue Identität heraus. Doch die CIA spielt ihr eigenes Spiel und schon bald kämpft Louis ums Überleben.

GMEINER SPANNUNG

WWW.GMEINER-VERLAG.DE
Wir machen's spannend

Alex Thomas
Pietà – Steinerner Tod
Thriller
352 Seiten, 13,5 x 21 cm,
Premium-Klappenbroschur
ISBN 978-3-8392-0500-6

Als an einem Wintermorgen unter dem Brandenburger Tor die blutüberströmte Leiche eines Mannes in den Armen einer Frau entdeckt wird, schrillen bei Ex-Kriminalkommissar Magnus Böhm sämtliche Alarmglocken. Er hat diese Skulptur aus Menschenkörpern schon einmal gesehen, 14 Jahre zuvor in Rom. Die Presse stürzt sich auf den Fall und spricht von der Berliner Pietà. Doch dieses Mal gibt es einen entscheidenden Unterschied: Das weibliche Opfer hat überlebt.

GMEINER SPANNUNG

WWW.GMEINER-VERLAG.DE
Wir machen's spannend